KB099947

호감 받고 성공 더! 8

인기영 장편소설

초판 1쇄 찍은 날 § 2017년 10월 19일
초판 1쇄 펴낸 날 § 2017년 10월 26일

지은이 § 인기영
펴낸이 § 서경석

편집책임 § 김경민
편집 § 이종식

펴낸곳 § 도서출판 청어람
등록번호 § 제387-1999-000006호
등록일자 § 1999. 5. 31
어람번호 § 제1-2781호

주소 § 경기도 부천시 부일로 483번길 40 서경B/D 3F (우) 14640
전화 § 032-656-4452 팩스 § 032-656-4453
http://www.chungeoram.com
E-mail § chungeorambook@daum.net

ⓒ 인기영, 2017

ISBN 979-11-04-91491-1 04810
ISBN 979-11-04-91303-7 (세트)

※ 파본은 구입하신 서점에서 교환하여 드립니다.
※ 저자와 협의하여 인지를 붙이지 않습니다.
※ 이 책은 도서출판 청어람과 저작자의 계약에 의해 출판된 것이므로,
   무단 전재 및 유포·공유를 금합니다.

FUSION FANTASTIC STORY

인기영 장편소설

호감받고 성공더!

8

86/1（

호감 받고
성공더!

Contents

김두찬의 가슴이 벅차올랐다.

그의 의식 안에서 로나의 의지가 분명히 전해져 왔다.

김두찬은 뛰는 심장을 진정시키며 천천히 로나의 이름을
다시 불렀다.

'로나… 깨어난 거지?'

―그렇답니다.

'하아. 정말 보고 싶었어, 로나.'

―어머나? 제 모습을 본 적도 없으시면서.

'응?'

그러고 보니 김두찬은 로나의 모습을 보지 못했다.

여태껏 그녀의 의식하고만 대화했을 뿐이다.

그게 팩트이긴 하지만 이런 감동적인 재회의 순간에 그런 부분을 꼬집다니.

역시 로나다웠다.

'진짜 너 무드 없다.'

김두찬이 툴툴댔다.

그에 로나가 김두찬의 마음속으로 깊숙이 스며들었다.

순간 김두찬은 외부에서 전해져 오는 타인의 감정에 눈을 크게 떴다.

'이건… 로나의 기분이야?'

―그렇답니다.

'아……'

김두찬은 잠시 말을 할 수 없었다.

그가 느끼고 있는 로나의 감정은 말로 다 표현할 수 없을 만큼의 감동과 반가움, 설렘으로 가득 차 있었다.

김두찬의 벅찬 심정은 거기에 비하면 조족지혈이었다.

'로나, 이렇게까지 반가워하고 있었던 거야?'

―그래서 말했잖아요. 반갑다고.

'몰랐어. 워낙 이런 표현에 인색하잖아, 네가. 그런데 진짜 놀랐어. 왜 이렇게 반가워하는 거야?'

─반가우니까요.

단순히 반갑다는 이유로는 설명이 안 되는 감정이었다.

하지만 로나는 이 감정의 정확한 원인을 설명해 주지 않았다.

중요한 건 로나가 하는 행동 중에 이유가 없는 행동은 존재치 않는다는 것이다.

그저 김두찬이 궁금해 죽으려 하는 걸 보고 즐기는 악취미 또한 없었다.

로나가 자신의 감정을 전해준 것은 필시 이유가 있을 터였다.

로나는 그것이 인생 역전 게임의 엔딩을 대비한 사전 연습 같은 것이라는 걸 굳이 말해주지는 않았다.

김두찬 역시 그녀가 입을 다물 땐 무슨 수를 써도 열지 않는다는 것을 안다.

해서, 캐묻고 늘어지지 않았다.

더불어 그런 사소한 것을 따지기엔 로나와 재회하는 이 순간이 너무 소중했다.

'다시 돌아온 거 환영해, 로나.'

─저 없는 동안 멋지게 성장해 주셔서 고마워요, 두찬 님.

'성장한 거 같아?'

─성장하지 않았으면 사단 퀘스트 자체가 활성화되지 않았

을 거랍니다. 사단 퀘스트는 두찬 님의 내면이 성장했다는 증거예요. 그리고 퀘스트를 수행해 나가는 동안 성장한 내면을 굳건히 다지게 되었죠.

'그렇구나.'

―제가 없는 동안, 그러니까 인생 역전의 호감도 시스템을 이용해서 타인의 능력을 취하지 못하는 동안, 살아가면서 불편한 것이 있었나요?

잠시 생각에 잠겨 있던 김두찬이 고개를 저었다.

'아니, 없었어.'

―두찬 님이 인생 역전을 플레이한 시간은 한 달 하고 일주일이에요. 그런데 인생 역전의 호감도 시스템 없이 생활한 건 네 달이나 된답니다.

그렇게까지 많은 시간이 흘렀는지 모르고 있었다.

로나가 휴면에 들어간 이후 김두찬은 눈코 뜰 새 없이 바빠졌다.

인생 역전으로 얻은 능력, 그리고 그 능력으로 이루어낸 일들이 점점 커지면서 그를 바쁘게 만들었다.

하루하루 해야 할 일들이 산더미였다.

그 일들을 해결하면 어떻게 하루가 지나가는지도 모를 정도였다.

로나의 말을 듣고 보니 네 달이라는 시간이 흘렀다는 게 확연히 느껴졌다.

─두찬 님은 이제 부족할 것이 없는 사람이랍니다.

그것은 마치 인생 역전의 엔딩을 알리는 멘트 같았다.

그런 생각이 들자 김두찬의 마음이 욱신거렸다.

하지만.

─엔딩까지 다시 열심히 달려가 봐야겠죠?

아직은 끝이 아니었다.

끝에 한발 더 가까워졌을 뿐.

"김 작가님. 무슨 생각을 그렇게 하세요?"

조금 초연해진 김두찬을 보며 정태조가 불쑥 물었다.

그제야 김두찬은 조금 전까지 자신이 정태조와 대화를 나누고 있었다는 걸 떠올렸다.

'아, 미연 씨랑 촬영장에 왔던 거였지.'

김두찬은 로나의 복귀가 너무 반가운 나머지 주변 상황조차 잊고 있었다.

"아무것도 아니에요."

"괜찮아요? 웃었다가 인상 썼다가 잠깐 동안 표정이 마구 변하던데."

"그랬… 나요?"

"네. 누가 보면 연기 연습하는 줄 알겠어요, 하하."

정태조가 농담을 하며 김두찬의 어깨를 툭 쳤다.

그가 보내는 친근한 표현이 김두찬은 싫지 않았다.

김두찬은 정태조의 머리 위를 바라봤다.

거기엔 여태껏 보이지 않았던 호감도 수치가 다시 나타나 있었다.

정태조의 호감도는 99였다.

호감도가 100에 도달하기 직전이었다.

두 사람이 알게 된 기간은 짧았고, 얼굴을 마주한 것도 이번이 겨우 세 번째였다.

그러나 김두찬은 곤두박질칠 뻔한 정태조의 삶을 구원해 줬다.

호감도가 낮으면 그게 이상할 일이다.

이제 김두찬은 타인의 능력을 익힐 수 있다. 때문에 99라는 호감도를 보는 순간 정태조의 가장 뛰어난 능력이 무엇일지 궁금했다.

그때 다른 사람들과 인사를 나눈 정미연이 김두찬의 곁으로 다가왔다.

"아! 스타일리스트 정미연 씨죠? 안녕하세요, 정태조라고 합니다."

"반가워요. 유명하신 분인데 일적으로도 사적으로도 만나 뵌 적이 없네요."

"주로 방송 쪽 일 하셔서 그런가 봅니다. 제가 영화 말고 그

동네 나들이는 잘 안 하는지라. 하하."

"네. 영화를 진정 사랑하시는 배우님이라는 거 알고 있어요."

"제 소문이 아주 좋게 났나 보네요. 아, 제가 김 작가님한테 도움을 참 많이 받아서 말이에요. 언제 집으로 초대할까 하는데, 그때 함께 오세요."

"도움이요?"

정미연이 모르겠다는 얼굴로 물었다.

순간 정태조는 '아차!' 싶었다.

'애인한테도 말을 안 했구나.'

정태조는 정미연이 애인인 만큼 인기영이라는 작가가 김두찬 본인이라는 사실을 털어놓았을 것이라 여겼다.

한데 정미연은 이를 모르고 있었다.

"아… 그 연기적으로다가……."

"두찬 씨가 정 배우님한테요? 연기적으로 도움을 줬다고요?"

"네? 아니, 그… 저, 오, 오트 퀴진! 저도 그 책 읽었거든요. 거기 등장하는 캐릭터들이 살아 숨 쉬지 않습니까. 그거 보면서 저도 캐릭터를 그렇게 잡아야 하겠다는 생각이 들면서… 그……."

"오트 퀴진은 인기영이라는 작가가 집필한 소설 아니었어요?"

"그, 그렇죠! 갑자기 이 얘기가 왜 나왔죠? 아… 그러니까 제가 말씀드리려 했던 건……."

정태조가 정신을 못 차리고 횡설수설했다.

그때 김두찬이 덤덤하게 말했다.

"미연 씨, 미리 말 못 해서 미안해요. 인기영이 저예요."

"응?"

정미연이 살짝 놀란 시선을 김두찬에게 던졌다.

김두찬이 미안한 기색을 내비치며 머리를 긁적였다.

"미연 씨한테까지 비밀로 하려던 건 아니었는데 어쩌다 보니 말해줄 기회가 없었어요. 화… 났어요?"

정미연은 바로 고개를 끄덕였다.

"네. 화나네요."

그녀의 거침없는 대답에 김두찬보다 정태조가 더 긴장했다.

김두찬은 자신의 인생을 구해줬는데, 그는 김두찬의 연애를 엉망으로 만들어 버릴 판이었다.

하지만 상황은 그가 걱정하는 쪽으로 흘러가지 않았다.

"한 번은 이해할 수 있어요. 다음부터는 이런 일 만들지 말아요. 다른 사람이 아는 걸 내가 모른다면 애인으로서 기분 나쁜 건 당연한 일이잖아요. 그래서 화가 났는데, 오늘… 나한테 너무 잘해줘서 그냥 풀어버릴게."

살짝 긴장했던 김두찬은 한숨을 푹 내쉬었다.

"알았어요. 두 번 다시 실수 안 할게요."

"약속."

정미연이 새끼손가락을 내밀었다.

김두찬은 픽 웃어버리고서 자신의 새끼를 걸어 당겼다.

이를 지켜보던 정태조가 가슴을 쓸어내렸다.

"흐아아, 이해해 주셔서 감사합니다, 미연 씨. 저 정말 김 작가님한테 죄인 되는 줄 알고 하늘이 노래지는 기분이었습니다."

정태조의 엄살에 정미연이 어깨를 으쓱였다.

"그럴 리가요. 인기영이라는 이름이 두찬 씨의 필명이었다는 건, '배우의 이름'은 결국 정 배우님을 도와주기 위해서 집필한 책이라는 거잖아요? 그렇죠?"

"맞습니다."

"그리고 정 배우님은 멋지게 이미지 세탁하셨고요."

정미연의 말은 거침이 없었다.

하지만 틀린 얘기는 아니었다.

게다가 강한 표현을 썼음에도 상대방을 깎아내리려 한다거나 비아냥거리려는 의도가 전혀 느껴지지 않았다.

그냥 팩트만을 전달한 것이다.

해서 정태조는 조금도 기분이 나쁘지 않았다.

"네, 그렇죠. 덕분에 찌든 때까지 싹싹 지워 버렸습니다."

"결국 배우님도 살리고 영화도 살렸네요."

"아무렴요."

"이렇게 멋진 애인을 어떻게 쉽게 떠나겠어요."

말미에 정미연이 살짝 미소 지었다.

그 모습이 정태조의 눈에는 대단히 멋지게 각인됐다.

여자임에도 멋지다는 느낌을 자아내는 사람을 정태조는 많이 보지 못했다.

한데 정미연이 그랬다.

그녀는 정말이지 멋졌다.

그러한 포스는 정미연의 확고한 자존감에서부터 흘러나오고 있었다.

자고로 자존심보다 자존감이 강한 사람은 섹시한 법이었다.

물론 그녀 못지않게 김두찬 역시 어린 나이에도 불구하고 멋있는 사람이었다.

정태조는 두 사람이 정말 잘 어울린다고 생각했다.

아울러 조금 전, 자신이 횡설수설하고 있을 때 김두찬의 대처가 퍽 멋스럽게 다가왔다.

그는 당장 이 상황을 무마하려고 거짓으로 둘러대지 않았다.

오히려 욕먹을 것을 각오하고 진실을 말했다.

담백하게 대처하니 상대방도 담백한 반응을 보여주었다.

덕분에 어쩌면 불화의 씨앗이 됐을지도 모를 일이 쉽게 진화되었다.

'쯧… 이러다 롤 모델 되겠네.'

세상에 자기보다 띠동갑으로 어린 사람을 이토록 존경하게 될 줄 누가 알았던가?

그런 생각을 하는 순간 정태조의 호감도가 100을 찍었다.

동시에 그의 정수리에서 흘러나온 환한 빛이 김두찬의 몸으로 스며들었다.

'됐다!'

정태조의 능력을 흡수한 김두찬의 전신에 짜릿한 전류가 흘렀다.

이게 얼마 만에 겪어보는 일인가?

김두찬이 한동안 보지 않았던 상태창을 열었다.

이름: 김두찬

성별: 남

키: 183㎝

몸무게: 70㎏

Passive

얼굴: 0/10,000(S−초월 시각)

…

운전: 0/400(D)

연기: 0/400(D)

Active

치료: 0/3,200(A)

지력: 0/3,200(A)

정보의 눈 100/300/500

직접 포인트: 2,824

간접 포인트: 1,000

핵: 0

패시브 능력에 연기라는 항목이 새로 생겼다.

정태조의 가장 뛰어난 능력은 역시 연기였다.

그런데 등급이 F가 아니라 D였다.

인생 역전은 새로운 능력을 얻으면 무조건 F랭크로 시작했었다.

김두찬의 기존 능력이 F보다 위 등급이라 하더라도 F로 하락하는 것이 정석이었다.

'왜?'

그것에 의문을 느끼자마자 로나가 대답을 해주었다.

—이제부터는 얻게 되는 능력이 두찬 님의 기존 능력치에 맞게 표기될 것이랍니다.

'시스템이 또 바뀐 거야?'

─휴면기를 가졌다가 깨어났으니 이제 다음 레벨로 넘어간 것이라고 생각하시면 된답니다.

'어? 그럼 내가 타인의 능력을 얻어 F랭크부터 시작했을 때… 응?'

김두찬은 로나에게 다른 것을 질문하려다 말고 눈을 여러 번 깜빡였다.

무심코 바라본 정태조의 머리 위에 호감도 외에 다른 것이 더 보였기 때문이다.

'로나… 저건 또 뭐야?'

정태조의 머리 위엔 붉은색의 호감도 밑으로 파란색의 숫자가 떠 있었다.

'1? 로나, 설명 부탁해.'

─그건 진심도랍니다.

'진심도?'

─호감도를 넘어선 감정이죠. 그 사람이 두찬 님께 얼마나 진심으로 대하는지를 알려주는 수치랍니다. 앞으로는 호감도 수치가 100이 되면 진심도 수치가 활성화될 것이랍니다.

그렇다면 진심도가 1밖에 안 된다는 건 상대방이 내게 그다지 진실하지 못하다는 말 아닌가?

김두찬이 그런 의문을 떠올리자 로나의 친절한 설명이 바로 이어졌다.

　―진심도는 수치가 낮아도 좋은 거랍니다. 호감도처럼 수치가 낮을 경우 두찬 님에게 관심이 없다는 공식과는 전혀 달라요. 참고로 진심도의 최대 수치는 10이랍니다.

　'10? 그것밖에 안 돼?'

　―하지만 호감도보다는 올리기가 어렵답니다.

　'그렇구나. 좀 더 자세히 설명해 줘.'

　―상대방의 진심도 수치가 높아질수록 그는 두찬 님을 믿게 된답니다. 믿음이 커짐에 따라 거짓도 사라지죠. 즉, 거짓말을 한다거나 거짓 감정으로 두찬 님을 대하는 일이 없을 거라는 말이랍니다. 두찬 님 앞에서는 오로지 진심만 남게 되는 거예요.

　'그럼… 누구한테도 말하지 않고 평생을 감춰왔던 비밀 같은 것도 말하게 된다는 거잖아?'

　로나의 말속에 숨어 있는 포인트를 김두찬이 잡아냈다.

　그러자 로나는 짐짓 놀란 듯한 말투로 대답했다.

　―어머나, 그런 것도 캐치할 줄 아시고. 눈치가 많이 빨라지셨네요?

　'어째 간혹 가다 나를 시험하는 것 같단 말이야.'

　―기분 탓이랍니다.

　'음… 좋아, 넘어가고. 아무튼 진심도는 수치가 낮아도 내게

무조건 이득이 되는 것이란 말이지?'

—그럼요.

'1에서 10까지 세부적인 효과들을 나누어서 알려주기는 힘들어?'

—진심도는 상대방의 진심의 크기를 체크하는 수치일 뿐이랍니다. 만인만색이라고 하죠? 열 명의 사람들이 두찬 님을 대하는 진심 수치가 똑같이 2라고 해도, 각자의 행동 패턴은 다르겠죠?

'그럼 딱 정의 내리기 어렵다는 거네.'

—대략적으로마나 정의 내려 드리겠습니다. 진심 수치가 3 이상이 되면 무거운 거짓말을 하지 않게 된답니다. 5 이상이 되면 크게 거짓된 감정을 연기하지 않게 되죠. 7 이상이 되면 사소한 거짓말도 망설이게 되고, 9 이상이 되면 사소한 감정조차 진실되게 행동한답니다. 10이 되면? 어떠한 비밀도 털어놓게 되며, 두찬 님의 말이라면 모두 믿게 된답니다.

'와, 이러다 교주 되겠는데.'

김두찬은 로나가 해준 말을 머릿속으로 잠시 정리했다.

그러는 동안 정태산과 정미연은 둘이서 이런저런 대화를 나누고 있었다.

정리를 끝낸 김두찬이 궁금한 게 있어서 로나에게 물었다.

'로나, 그럼 진심도도 10이 되면 호감도처럼 얻게 되는 특전

이 있어?'

―있답니다.

'그게 뭔데?'

―직접 겪어보면 알 수 있겠죠? 마침 미연 님의 진심도가 무려 9나 되네요. 현재 두찬 님 주변에 있는 타인들 중 가장 두찬 님을 믿는 사람이니 조금만 노력하시면 진심도 10을 만들 수 있을 것 같은데요?

'그냥 말해주면 안 되겠니?'

―선물이라는 건 자고로 내용물을 모르고서 풀어봐야 기쁨이 두 배가 되는 법이랍니다.

'하여튼 말은 잘해요. 알았어. 직접 알아내도록 하지, 뭐. 아, 얘기가 잠깐 다른 곳으로 샜다. 아무튼 이제부터는 상대방의 능력을 얻었을 때, 무조건 F등급으로 하향되는 게 아니고 내 능력치에 맞는 수준으로 표기가 된다 이거지?'

―네네.

'근데 지금 내가 얻은 연기 능력의 등급이 D잖아.

―네네네.

'이전까지는 무조건 F등급으로 표기되었고, 포인트를 투자함에 따라 랭크가 올라가면서 그에 따른 특전을 얻었었어.

―네네네네.

'…적당히 해.'

김두찬은 로나가 자신을 놀리는 것 같아 씨근거렸다.

로나는 쿡쿡 하고 웃더니 김두찬이 궁금해하는 부분에 대해 알려주었다.

—현재 두찬 님께서 얻은 연기 능력은 D랭크죠? 이렇게 되는 경우 F랭크에서 D랭크가 두 단계 업그레이드되면서 얻을 수 있는 특전을 저절로 습득하게 된답니다.

'그런 거야?'

—어떤 특전을 습득했는지 알고 싶으시다면 연기 항목을 자세히 보겠다는 의지를 일으키세요.

김두찬은 상태창의 연기 항목을 바라보며 로나가 시키는 대로 의지를 발현했다.

그러자 연기라는 글자가 확대되면서 새로운 창이 떴다.

[연기 특전]

—E랭크 특전: 모든 단역 연기를 어색하지 않게 소화할 수 있게 됩니다.

—D랭크 특전: 맡은 배역이 단역일 경우 그 캐릭터에 완전히 동화됩니다.

'이런 식이군.'

딱 김두찬의 현재 연기 수준의 특전이 주어져 있었다.

'뭐… 연기는 앞으로 더 할 일이 있을지 없을지 모르니 지금 정도가 적당한 것 같고.'

김두찬의 의지에 따라 연기 특전에 관한 창이 사라지고 다시 상태창이 나타났다.

그의 시선이 창의 하단으로 향했다.

누적된 직접 포인트가 2,824, 간접 포인트가 1,000이었다.

'간접 포인트는 0이었는데?'

─호감도 시스템이 활성화되자마자 빠르게 1,000이 채워졌답니다.

'뭐?'

─현재 두찬 님이 대한민국에서 그만큼 유명한 사람이 되었다는 반증이죠. 더 정확하게 말씀드리자면 해외에서도 두찬 님을 아는 사람이 늘어나고 있답니다.

'내가 뭐라고?'

─한류 열풍의 수혜를 입은 거예요. 한국에서 화제가 되고 있는 인물이라면 일단 알고 보자는 사람들이 전 세계적으로 은근히 많답니다.

'그렇구나.'

김두찬은 로나와의 대화를 통해 새로워진 호감도 시스템에 대해 완벽히 숙지할 수 있었다.

─더 궁금한 건 없으신가요?

'그런 게 생기면 물어볼게.'

―언제든지요.

'아무튼 다시 한번 말하지만, 정말 반가워, 로나.'

그 말에 로나는 대답하지 않았다.

하지만 김두찬은 로나의 마음을 느낄 수 있었다.

아직, 로나가 김두찬의 마음속에 스며든 채 빠져나오지 않고 있었기 때문이다.

"김 작가님, 오늘 수시로 멍 때리시네요."

그때, 정태조가 말을 걸어왔다.

"네?"

"그러게. 자기, 무슨 고민 있어?"

정미연이 정태조의 말에 동조하며 물었다.

"아니요. 그냥 글 생각 좀 하느라 그랬어요."

김두찬이 대충 둘러댔다.

그러자 정태조와 정미연이 상반된 반응을 보였다.

"에이, 무슨 다른 고민 있는 것 같은데요?"

"그렇게 너무 일 생각만 하다가 번 아웃 오면 어쩌려고."

정태조는 김두찬의 말을 곧이곧대로 믿지 않았다.

반면, 정미연은 그의 말을 전부 믿었다.

―그것 역시 진심도의 차이 때문이랍니다. 진심도에 따라 상대방이 두찬 님에게 하는 행동 양상도 바뀌지만, 두찬 님의

말과 행동을 받아들이는 반응 역시 바뀌게 된답니다.

말인즉, 정태조는 진심도가 1이기에 김두찬의 말을 그대로 믿지 않았고, 정미연은 진심도가 9이기에 무조건 김두찬을 믿었다는 얘기다.

진심도라는 것이 얼마나 거대한 힘인지 김두찬은 몸소 체험하고 있었다.

"김 작가님, 출출하지는 않으시오?"

그때 세 사람에게 예몽진 감독이 다가왔다.

예몽진의 머리 위에도 78이라는 호감도 수치가 보였다.

'생각보다 낮네.'

함께해 온 시간이 제법 되는 만큼 호감도가 더 높을 줄 알았는데, 아니었다.

예몽진은 보기보다 누군가에게 마음을 쉽게 열지 않는 타입이었다.

어쩐지 섭섭한 마음이 들었지만 이를 뒤로하고 김두찬이 인사를 건넸다.

"예, 감독님. 고생 많으세요."

"내가 만들고 싶은 영화를 찍는데 고생이랄 게 있겠소? 그저 즐거울 따름입니다."

"그럼 다행이고요. 촬영장 분위기는 어때요?"

"요 며칠 정 배우의 기분이 저기압이라 난항이었는데, 기자회견 이후 다시 날아다니고 있소. 분위기 매우 좋으니 걱정할 필요 없어요. 아, 얘기가 나와서 말인데. 정 배우, 인기영이라는 작가가 대체 누구요?"

"몇 번을 물어보셔도 제 대답은 똑같습니다. 그건 알려 드리기 좀 어렵네요."

"왜 그렇게 철벽을 치는 거요? 궁금해 죽겠네."

정태조가 너털웃음을 터뜨리며 김두찬에게 남몰래 윙크를 날렸다.

그는 김두찬의 비밀을 철저하게 지켜주고 있었다.

자신의 비밀도 몇 년이 넘도록 지켜온 그였다.

술기운에도 그 얘기를 다른 곳에 흘리지 않았다.

그랬던 그이기에 김두찬의 비밀 역시 잘 지켜 나갈 수 있었던 것이다.

"인기영이라는 작가님이 누구인지 몰라도 정 배우한테 은인인 것처럼 나한테도 은인이오. 하마터면 정 배우 스캔들 터져서 영화까지 말아먹을 뻔한 걸 살려줬으니 말이오."

그 말에 정태조가 멋쩍어하며 자리를 피했다.

"저는 다음 신 준비를 위해 푹 쉬러 가겠습니다."

정태조가 그러고 떠나니 예몽진은 혀를 끌끌 차다가 김두찬에게 넌지시 물었다.

"그건 그렇고 김 작가님, 혹 영화에 한 번 더 출연해 볼 생각 없으십니까?"

"네? 저… 이미 단역으로 촬영했잖아요."

"그 단역으로 한 번 더 나와달라는 겁니다."

그 말에 김두찬이 손사래 쳤다.

"꼭 필요한 역할이 아니라면 재출연은 크게 내키지 않아요. 제가 진짜 배우인 것도 아니고, 원작자가 자꾸 자기 작품에 얼굴 내비치는 것도 영 별로인 것 같아서요."

한 번은 경험을 쌓고자 발을 들였지만 그 이상 깊게 빠지고 싶은 마음은 없었다.

아니, 몽중인이 아니라 다른 영화였다면 또 모를 일이었다.

하지만 김두찬은 자신의 작품을 영화로 만드는 데 자주 등장하는 것이 영 꺼려졌다.

그러자 예몽진이 난처한 듯 턱수염을 배배 꼬았다.

"음… 그럴 수 있죠, 아무래도. 한데 우리 쪽에서 사정이 좀 생기는 바람에 말입니다."

"무슨 사정이요?"

예몽진이 손목시계를 한 번 살피고서는 말을 이었다.

"혹시 신정우 배우라고 아시오?"

"네, 알아요."

신정우.

영화판에서만 40년을 살아온 노령의 배우로서 한때는 국민

배우라는 소리까지 들었던 양반이다.

지금은 나이도 있고 후배들에게 밀려 뒤편으로 물러났지만, 그래도 한국에서는 모르는 사람이 없을 만큼 인지도가 있었다.

"곧 있을 촬영에 정우 선배님이 오셔서 우정 출연 해주시기로 했소."

"그래요?"

새삼 예 감독의 인맥이 대단하다는 생각이 드는 김두찬이었다.

아무리 한물갔다고 해도 거물급이었던 신정우를 우정 출연차 호출하다니.

"한데 문제는 정우 선배가 원체 좀 깐깐하단 말이오. 일단 슛이 들어가면 연기는 기가 막히게 하는데, 그 들어가기 전까지가 문제입니다."

"어째서요?"

"바라는 게 많소. 촬영 환경부터 시작해서 자신에게 딱 붙어 케어해 줘야 할 스태프의 숫자와 카메라 앵글까지 별의별 걸 다 참견하는 분이시오."

그럼 차라리 다른 배우를 부르면 되지 않겠느냐는 말이 하고 싶은 김두찬이었지만 꾹 참았다.

예몽진 감독이 그럼에도 신정우를 택한 건 그만한 이유가 있기 때문일 것이다.

그의 짐작은 맞았다.

"사실 이 장면은 신정우라는 배우가 아니면 제가 원하는 느낌을 그대로 살려내기 힘들단 말이지요."

"그런가요?"

아직 연기를 보는 눈이 부족한 김두찬의 입장에서는 그 느낌이 뭔지 알 수 없었다.

하지만 예몽진 같은 베테랑 감독은 이를 분석하고 잡아낼 수 있었다.

"한데 그 배우님이 오시는 거랑 제가 영화에 한 번 더 출연해야 하는 거랑 무슨 상관이 있는 겁니까?"

"성우 선배님이 제가 출연 부탁한 신을 보더니 너무 단조롭다고 배우 한 명 더 집어넣어 주기를 원하시더군요."

"신 내용이 어떻게 되는데요?"

"석현이 밤 공원을 산책하다 기인 같은 노인을 만나 괴이한 대화를 주고받는 장면이오."

"아, 그 부분이군요."

석현의 입장에서 현실인 듯, 판타지인 듯 애매모호한 장면을 연출함으로써 그의 정신적 공황이 심해지는 부분을 표현한 대목이었다.

신정우가 맡은 건 이 장면 속에 등장하는 기이한 노인 역이었다.

"원래는 석현이 혼란스러운 마음을 정리하기 위해 혼자 밤 공원을 걷게 되는 장면이죠. 때문에 지금 이 장면에 다른 비중 있는 배우들이 등장하는 건 말도 안 돼요. 그렇다고 아무 배역이나 만들어서 단역으로 넣자니 그것도 생뚱맞단 말이오. 해서, 이미 한 번 동네 동생 역으로 출연한 김 작가님께서 협조해 주신다면 가장 그림이 좋을 것 같습니다. 지우 때문에 심란한 석현이 불러내서 같이 산책을 하는 걸로 말입니다. 어떻습니까?"

예몽진이 부탁의 부탁에 김두찬은 고민했다.

'어떻게 해야 하나.'

예몽진의 간절한 시선이 김두찬의 뺨을 콕콕 찔렀다.

한편, 정미연은 김두찬이 어떠한 결정을 내릴지 호기심 가득한 얼굴로 바라보는 중이었다.

그녀는 이왕이면 김두찬이 예몽진의 부탁을 들어줬으면 했다.

김두찬이 연기하는 모습을 보고 싶은 것이 첫 번째 이유였고, 자기가 알고 있는 김두찬은 제법 의리 있는 사내이니 이번에도 멋진 모습을 보여줬으면 하는 기대감에서였다.

결국 김두찬의 고개가 끄덕여졌다.

"알겠어요. 그렇게 할게요."

김두찬이 허락하자마자 예몽진이 그를 품에 꽉 끌어안았다.

"하하하! 고맙소!"

그와 동시에 시스템 메시지가 나타났다.

[호감도를 3포인트 얻었습니다. 직접 포인트로 적립됩니다.]

예몽진의 호감도 수치가 78에서 81로 바뀌었다.

'역시, 이 맛이지.'

인생 역전의 시스템이 익숙해졌을 무렵에는 이 메시지를 보는 게 아무렇지 않게 다가왔다.

그런데 없어졌다 다시 생기니 감개무량했다.

김두찬이 만족스러운 미소를 머금고서 호감도 시스템을 만끽할 때였다.

[진심도를 1포인트 얻었습니다.]

진심도를 얻었다는 메시지와 함께.

[직접 포인트 100이 적립됩니다.]

직접 포인트가 100이나 적립되었다는 메시지도 나타났다.

진심도는 1포인트당 직접 포인트 100으로 계산을 해주고 있었다.

'한데 누구의 진심도를 얻은 거야?'

예몽진의 품에서 풀려난 김두찬이 주변을 살폈다.

예몽진은 아직 호감도가 100이 되지 않았기에 진심도는 활성화되어 있지 않았다.

'그렇다면.'

김두찬의 시선이 정미연에게 향했다.

그녀의 머리 위에 뜬 진심도는 9에서 10으로 바뀌어 있었다.

이를 확인하자마자 새로운 시스템 메시지가 나타났다.

[진심도 포인트가 10이 되었습니다.]

'특전이다!'

[특전으로 증강핵 하나를 얻게 됩니다.]

'증강핵?'

김두찬이 스탯창을 살폈다.

그러자 핵이라는 항목 아래에 '증강핵: 1'이라는 항목이 추가되어 있었다.

―축하드립니다, 두찬 님. 진심도를 10까지 올려 증강핵을 얻게 되었네요?

'이건 뭐야, 로나? 보아하니 핵의 업그레이드 버전인 것 같은데.'

―그렇답니다. 증강핵은 핵과 마찬가지로 두찬 님께서 원하시는 능력을 한 단계 업그레이드해 주는 아이템이랍니다. 하지만 그 효력이 일시적인 핵과 달리 증강핵의 효력은 영구히 지속된답니다.

'영구 지속? 모든 능력의 랭크에 포인트 투자하듯 업그레이드가 가능해진다는 거야?'

―네네, 그럼요.

생각지도 못한 특전이었다.

호감도보다 올리기 힘든 만큼 10을 채웠을 때의 특전도 어마어마했다.

'진짜 매번 놀래키네.'

이제는 어떠한 시스템이 추가되어도 더는 놀랄 일이 없을 거라 생각했다.

하지만 인생 역전은 늘 김두찬의 예상 범주를 벗어났다.

특전으로 증강핵이라는 아이템을 줄 것이라고는 생각도 하지 못했었다.

'그렇다면.'

김두찬은 당장 자신에게 가장 필요한 능력에 증강핵을 투자하기로 했다.

'문장력에 증강핵을 사용하겠어.'

그러자 문장력의 업그레이드를 알리는 시스템 메시지가 나타났다.

[문장력의 랭크가 S로 업그레이드됐습니다. 랭크 업 특전이 주어집니다. '아이덴티티(Identity)'를 얻게 됩니다.]

김두찬이 아이덴티티라는 특전을 자세히 살폈다.

[아이덴티티(Identity): 패시브 스킬. 서로 독립된 완벽한 개성의 열 가지 문체를 구사할 수 있습니다.]

'맙소사.'

말도 안 되는 능력이었다.

작가로서 살아가는 김두찬에게 더없이 좋은 능력이기도 했다.

김두찬은 이제 서로 다른 개성의 열 사람이 될 수 있었다.

사실 인기영이라는 필명으로 계속 책을 내는 것이 꺼려지던 시점이었다.

그가 아무리 필명으로 김두찬이 아닌 척 글을 쓴다 해도 무의식중에 튀어나오는 버릇 같은 문체가 있을 터였다.

하지만 아이덴티티의 힘을 사용하면 그런 걱정은 하지 않아도 된다.

게다가 패시브 스킬.

구동할 때만 발현되는 액티브가 아니라 언제든 활용 가능한 힘이었다.

'이게 다 미연 씨 덕분이야.'

김두찬이 고마움 가득 담긴 시선으로 정미연을 바라보았다.

그녀의 진심도가 10이 되는 바람에 증강핵을 얻었고 그것으로 문장력을 업그레이드했다.

이제 김두찬은 마음만 먹으면 서로 다른 열 명의 작가로서 활약할 수 있었다.

물론 메리트를 따지자면 본인의 이름으로 책을 내는 게 가장 좋았다.

그러나 김두찬은 도전하고 싶었다.

자신의 이름이 아닌, 새로운 이름들로 계속해서 스스로의 글을 시험하기를 원했다.

그리고 김두찬의 이름 아래 아홉의 필명들을 전부 히트 작가의 반열에 올려놓으면 어떨까 하는 욕심도 생겨났다.

"잘했어요, 두찬 씨."

정미연이 느닷없이 김두찬을 칭찬했다.

그에 김두찬은 자신의 생각을 읽힌 건가 싶어 흠칫했다.

"네?"

김두찬이 약간 얼떨떨하게 되묻자 정미연이 설명을 덧붙였다.

"예 감독님 부탁 들어준 거요. 잘했다고."

정미연은 미소를 머금으며 김두찬의 손을 꼭 잡았다.

"아… 고마워요."

그때였다.

"신정우 선배님 오십니다!"

현장 소품을 챙기던 막내 스태프가 크게 소리쳤다.

저 멀리서 라이트를 밝힌 밴 한 대가 빠르게 다가와 멈춰 섰다.

밴의 뒷문이 스르르 열렸다.

그리고 강퍅한 인상의 백발노인이 모습을 드러냈다.

신정우였다.

그가 내리자마자 모든 스태프와 배우들이 우르르 달려가 인사를 건넸다.

"선배님! 오셨습니까!"

"정우 선배님, 오래간만입니다."

"막내야! 선배님 점퍼 하나 가져다 드려라!"

이를 본 예몽진이 김두찬에게 양해를 구했다.

"빨리 가서 인사드려야 나중에 편하니, 일단 다녀오겠소."

"저도 같이 인사드리러 가죠."

"작가님까지 고생할 필요는 없소."

"지금은 배우로서 호흡하게 될 텐데요. 아, 그리고 제가 작가라는 건 말씀 말아주세요. 괜히 선입견 생기면 신 배우님이 몰입 못 하실지도……."

말을 하던 김두찬이 입을 다물고서 고개를 휘휘 저었다.

"아니, 신 배우님도 절 아시겠죠?"

이제 김두찬은 인터넷 검색란에 이름 석 자만 두들기면 대부분의 정보가 공개될 정도로 유명해졌다.

당연히 신정우도 자신을 알 것이라 생각했다.

하지만 예몽진은 고개를 절레절레 저었다.

"저 양반, 자기 시대 사람들 말고는 아무것도 모르오. 30년 전, 최고의 전성기에서 발을 뺀 이후부터 드라마와 영화를 전혀 보지 않소. 오로지 연극만이 살아 있는 배우의 장이라며, 끝까지 연극 무대만을 고집하는 양반이오. 지금도 연극판에서는 현역으로 활동 중이오. 영화는 가끔씩 이렇게 우정 출

연 정도로만 등장합니다. 그리고 자기가 출연한 영화 시사회
도 보러 오지 않는 것으로 유명하오."

"특이한 분이시네요."

"오늘처럼 이렇게 영화판에서 연 맺은 후배들이나 기억하
지, 그 외에는 아무것도 모르오. 그 흔한 인터넷 같은 것도 이
용하지 않고 오로지 신문과 뉴스로만 세상을 접한다고 합니
다."

신정우는 상당히 구시대적인 사람이었다.

하지만 예몽진은 물론이고 여러 많은 배우들이 그의 연기
력 하나만큼은 인정하고 있었다.

해서 그 고집스러운 면면에도 불구하고 아직 후배들의 존
경을 받았다.

아무튼 그런 사람이라면 더더욱 김두찬이 작가라는 걸 미
리 말하지 않는 게 낫겠다 싶었다.

어차피 시사회장도 나오지 않는다고 하니 이 현장에서만
김두찬의 정체를 숨기면 앞으로도 모를 게 뻔했다.

김두찬은 이런 의견을 예몽진에게 전했고, 예몽진도 이에
동의했다.

"애초에 나 역시 그건 말하지 않을 생각이었소. 그랬다간
당장 판 엎고 가겠다 강짜를 놓을지도 모르오."

"만에 하나라도 후에 알게 되면 두 분 사이 나빠지는 거 아

니에요?"

"저 양반이 술자리에서는 그렇게 너그러워집니다. 나중에
기회 봐서 한잔 거하게 사주고 미리 털어놓으면 웃으며 넘어
갈 거요."

두 사람은 대화를 주거니 받거니 하며 신정우의 앞에 다다
랐다.

정미연은 영화판과는 딱히 상관없는 사람이니 굳이 끼지
않고 멀리서 상황을 지켜봤다.

"선배님, 귀한 발걸음 해주셔서 감사합니다."

예몽진이 웃는 낯으로 신정우를 반겼다.

"예 감독이 손 내밀면 잡아야 인지상정이지. 개인적으로 도
움 많이 받았는데. 옆엔 누군가?"

신정우가 김두찬을 바라보며 물었다.

보통은 그가 먼저 이런 질문을 던지지는 않았다.

한데 그냥 모른 체 지나치기에는 김두찬의 비주얼이 워낙
빼어났다.

예몽진은 김두찬에게 부탁받은 대로 그의 진짜 정체를 밝
히지 않고 둘러댔다.

"오늘 선배님이랑 합 맞출 신인 배우입니다."

"신인?"

"네."

"신인이면… 경력이 어떻게 되나?"

"아, 경력은…….'

신정우가 손을 들어 예몽진의 입을 막았다.

그러고는 김두찬에게 물었다.

"본인이 직접 얘기해 봐. 경력이 어떻게 돼?"

"이 작품이 처음입니다."

김두찬은 사실대로 얘기했다.

그러자 신정우의 미간이 살짝 구겨졌다.

그가 시선은 그대로 김두찬에게 고정한 채 예몽진을 불렀다.

"이보게, 예 감독."

"네, 선배님."

"영화의 화제성도 중요하지만 배우라는 건 비주얼이 다가 아니지 않은가."

신정우는 예몽진이 영화의 화제몰이를 위해 김두찬을 캐스팅한 것이라 생각했다.

이렇게 빼어난 인물은 단역으로라도 박아두면 분명히 사람들의 입에 오르내리기 때문이다.

"뭐 실력이 검증된 배우라면 모르겠지만 이번 영화가 처음이라니… 내가 알고 있던 예 감독과는 많이 변했나 보이."

신정우의 몇 마디에 좌중의 분위기가 무겁게 내려앉았다.

그에 몽중인에서 꿈속 남자 주인공 중인 역을 맡은 지우민이 나섰다.

"신 선배님, 사실 이분은 배우가 아니라 작가님이세요."

"작가라고?"

"네. 우리 영화 몽중인의 원작자예요. 김두찬이라고 못 들어보셨어요?"

생각지도 못했던 지우민의 난입에 예몽진은 물론이고 현장에 있던 모든 사람들의 안색이 난처해졌다.

신정우의 성격을 익히 아는 사람이라면, 게다가 지금 돌아가는 상황이 어떤지 파악됐다면 따로 언질이 없었더라도 김두찬을 작가라고 소개하진 않았을 터였다.

그런데 지우민이 이런 식으로 나설 줄은 아무도 예상 못 했다.

'원체 눈치가 없는 성격인 건 알았는데 이 정도일 줄이야.'

상황을 지켜보던 정태조가 고개를 절레절레 흔들며 속으로 생각했다.

그런 정태조와 다른 사람들의 속이 타들어가는 와중 지우민은 계속 혀를 움직였다.

"저번에 태조 형 상대역을 해준 적이 있었는데, 작가치고는 제법이더라고요. 그러니까 크게 걱정하지 않으셔도 될 겁니다. 하하."

지우민은 자신이 상황을 계속 악화시킨다는 걸 모르는 모양이었다.

신정우의 두 눈에는 이제 노기가 가득했다.

"예 감독, 내가 이 영화에 출연해야 하나?"

"선배님, 미리 말씀 못 드려 죄송합니다. 한데 우민 씨 말대로 김 작가님 연기력, 믿을 만합니다. 제가 보증하겠습니다."

"사람이라는 건 말일세. 다들 각자의 영역이라는 게 있는 법이네. 작가는 글을 쓰고 배우는 연기를 하는 게 맞아. 그런데 작가가, 그것도 자신이 쓴 작품을 영화로 만드는 판에 얼굴을 들이밀겠다고?"

말을 하는 신정우의 음성이 점점 커지고 있었다.

이러다가는 오늘 촬영을 접을 판이었다.

"한번 믿어보시죠."

"예 감독은 작가를 신인 배우라며 이미 한 번 날 속였지 않은가? 그런데 믿어달라?"

"거기에 대해서는 정중하게 사과드리겠습니다. 아무래도 작가라는 사실을 알면 선배님께서 선입견을 가지실 것 같아 그랬습니다. 전부 영화에 대한 애정이 지나치게 컸던 제 잘못입니다. 한 번만 믿어주시면 안 되겠습니까?"

예몽진이 신정우에게 간절한 눈빛을 보내며 부탁했다.

결국 신정우는 한발 물러서기로 했다.

"내, 예 감독 부탁이니 한 번은 봐보도록 하지. 그런데 영 아니다 싶으면 그냥 가겠네."

"그러십시오."

"하아, 나 원……."

신정우는 땅이 꺼져라 한숨을 쉬고서는 현장에 미리 준비되어 있는 간이 의자에 앉았다.

그러자 매니저가 다가와 시나리오를 넘겨주었다.

근데 통짜 시나리오가 아니라 신정우 본인의 장면만 나와 있는 쪽 시나리오였다.

신정우는 애초에 이 영화 자체에 큰 기대가 없었다.

판타지성이 가미된 멜로라니, 그런 장르가 가당키나 한가 싶었다.

그럼에도 여기까지 온 건 예몽진과의 친분 때문이었다.

한데 작가가 직접 연기를 하겠다고 나서니 절로 혀가 차졌다.

시나리오를 살피는 신정우에게 스태프 셋과 스타일리스트가 붙었다.

스타일리스트가 신정우를 꾸미는 동안 스태프들은 그의 기분을 맞추기 위해 분주했다.

그런데 신정우는 무언가 마음에 안 드는 듯 버럭 소리를 쳤다.

"메이크업 아티스트는 왜 안 붙는가!"

그러자 스태프 중 한 명이 서둘러 대답했다.

"선배님, 어차피 분장이 크게 필요하지 않아서, 저희가 간단하게 화장해 드리려고……."

"작은 배역은 있어도 작은 배우는 없는 법이야! 자네들은 배우에 대한 예의라는 것도 모르는가?"

이미 한 번 심사가 꼬여 버린 신정우인지라 모든 게 다 고까워 보였다.

그에 예몽진 감독이 난처해하며 신정우에게 다가가려 했다.

그런데 그보다 먼저 정미연이 나섰다.

그녀는 이미 신정우가 소리를 지를 때부터 신정우에게 걸음을 옮기고 있었다.

정미연은 신정우의 앞에 당당하게 서서 고개를 살짝 숙여 보인 뒤 말했다.

"늦어서 죄송해요. 시간 없으니까 빨리 화장 들어갈게요."

정미연은 늘 가지고 다니는 파우치에서 간단한 화장품과 도구 몇 개를 꺼내 신정우의 얼굴을 터치했다.

그녀는 스타일리스트 전공이지만 화장법 역시 제대로 배우고 익혀 전문가 수준의 실력을 자랑했다.

게다가 손이 정확하고 빨랐다.

그녀의 손놀림을 보는 스태프와 스타일리스트들은 다들 혀를 내둘렀다.

과연 명불허전.

정미연이라는 이름이 괜히 방송가에서 유명한 게 아니었다.

정미연이 전광석화처럼 손을 놀리자 10분도 채 지나지 않아 신정우의 메이크업이 완벽하게 끝났다.

그러고서 그녀는 손거울을 꺼내 신정우의 눈앞에 들이댔다.

"이거 어두워서 아무것도 안 보이잖……."

신정우의 말이 끝나기도 전에 정미연이 스마트폰으로 플래시를 켰다.

신정우는 거울에 비친 자신의 얼굴을 꼼꼼히 살펴보고서는 만족스레 고개를 끄덕였다.

"실력이 상당하구먼."

정미연의 깔끔한 실력에 신정우의 기분이 조금 풀어졌다.

이를 본 정미연의 안에서 신정우를 깔아뭉갤 만한 여러 가지 말들이 떠올랐다.

하지만 그녀는 꾹 참았다.

영화판이랑 상관도 없는 그녀가 나선 건 모두 김두찬을 위해서였다.

여기서 욱해 버리면 모든 게 엉망이 되고 만다.

"감사해요."

정미연은 그 말만 남기고서 김두찬의 곁으로 돌아왔다.

그러고서는 그의 귀에 대고 한마디를 전했다.

"나 자기 때문에 참았어."

"고마워요, 미연 씨."

정미연의 성격을 익히 알고 있는 김두찬이었다.

때문에 그녀의 지금 같은 행동이 무척이나 고마웠다.

이는 예몽진 감독과 다른 배우들, 그리고 스태프들 역시 마찬가지였다.

그녀의 빠른 대처 한 번으로 신정우의 폭발하려던 성질이 확 가라앉았다.

"배우분들 준비해 주세요!"

조감독이 주변을 둘러보며 소리쳤다.

"자기, 파이팅."

의자에서 몸을 일으키는 김두찬에게 정미연이 말했다.

"다녀올게요."

이제 김두찬만 잘해주면 된다.

촬영 무대로 다가가는 김두찬이.

'연기에 간접 포인트 1,000과 직접 포인트 200을 투자하겠어.'

연기의 랭크를 B까지 업그레이드했다.

[연기의 랭크가 C로 업그레이드됐습니다. 랭크 업 특전이 주어집니다. 연극, 드라마, 영화, 뮤지컬 등 연기가 필요한 모든 분야에서 안정적인 연기를 펼칠 수 있게 됩니다.]

[연기의 랭크가 B로 업그레이드됐습니다. 랭크 업 특전이 주어집니다. 연극, 드라마, 영화, 뮤지컬 등 연기가 필요한 모든 분야에서 능숙한 연기를 펼칠 수 있게 됩니다. 맡게 되는 모든 배역에 완전히 동화됩니다.]

'이 정도면 되겠지.'

신정우는 김두찬을 연기의 이응(ㅇ) 자도 모르고서 가볍게 달려드는 사람으로 보고 있다.

그것까지는 상관없었다.

평생을 연기에 바친 노배우의 입장에서는 그리 보일 수도 있는 일이다.

김두찬은 그런 신정우를 이겨먹으려는 생각은 없었다.

조금 편협적인 시각을 가진 사람이지만 어찌 되었든 영화를 도와주러 온 손님이다.

다만 김두찬이 걱정하는 것은 그가 자신에 대한 편견으로 인해 연기에 집중 못 할까 봐서였다.

그렇게 되면 예몽진이 굳이 신정우를 부른 이유가 없어진다.

김두찬은 어떻게든 신정우의 최선을 끌어내고 싶었다. 그래야 예몽진 감독이 원하는 그림이 나올 테니 말이다.

예몽진 감독의 동선 설명이 있은 뒤, 세 명의 배우가 정해진 위치에 섰다.

신정우는 카메라에 빠져서 대기.

김두찬과 정태조는 대화를 나누며 걸어간다.

두 사람이 몇 마디 이야기를 주고받으면 약속된 장소에서 신정우가 나와 괜히 참견을 하는 상황으로 이어진다.

정태조는 그런 신정우를 무시하려 하는데 하도 분위기가 괴이해 몇 마디 말을 섞게 된다.

이것이 이번 신의 간략한 상황이다.

정태조와 김두찬이 스탠바이한 상태에서 스태프 한 명이 슬레이트를 들었다.

그런데 문제가 생겼다.

김두찬이 한 손을 들고 예몽진에게 물었다.

"감독님, 저 시나리오를 받지 못했어요."

"아뿔싸!"

예몽진이 놀라서 펄쩍 뛰었다.

그러자 스태프 중 가장 눈치 빠른 막내가 시나리오를 들고 후다닥 김두찬에게 달려갔다.

"여기 있습니다, 김 작가님!"

"고마워요."

김두찬이 시나리오를 넘겨받았다.

막내 스태프는 김두찬이 보기 편하도록 촬영할 신을 미리 펴서 건네줬다.

김두찬에게 주어진 대사는 많지 않았다.

하지만 촬영에 임박해서 바로 외우기엔 무리가 있었다.

그 모습이 신정우의 눈에 좋게 비칠 리 없었다.

"연기하겠다는 사람이 스탠바이해야 하는 상황에서 시나리오를 보는가? 감독이 챙겨주지 않아도 스스로 챙겨야지, 쯧쯧."

저 멀리 떨어져 있던 신정우가 결국 한마디를 했다.

워낙 목소리가 커서 현장에 있던 사람들이 이를 모두 들었다.

분위기는 더더욱 나빠졌고, 정태조가 걱정스럽게 김두찬을 바라봤다.

예몽진도 덩달아 마음이 좋지 않았다.

이런 상태에서 과연 제대로 된 그림이 나올까 싶었다.

반면 김두찬은 크게 걱정하지 않는 얼굴이었다.

그는 시나리오를 그냥 슥 보더니 막내 스태프에게 돌려줬다.

그러자 막내 스태프는 당황해서 눈만 끔뻑거렸다.

"이제 가져가셔도 돼요."

"…네?"

"다 봤어요."

김두찬은 기억력의 힘으로 시나리오 자체를 머릿속에 각인시켰다.

그리고 지력의 힘을 발휘해 시나리오를 분석했다.

그러자 자신이 어떠한 입장이고 어떻게 행동해야 하는지에 대한 판단이 바로 섰다.

이 모든 과정이 고작 수 초 동안에 벌어졌다.

당연히 김두찬을 보고 있던 사람들의 입장에서는 그 짧은 시간 동안 시나리오를 다 봤다는 것이 납득하기 힘든 일이었다.

정태조가 얼떨떨해서 김두찬에게 물었다.

"그… 대사 말고 지문도 같이 읽으셔야 상황 파악이 완벽하게 될 거예요."

"네. 다 읽었어요."

"지문도요? 그럼… 대사는 외우셨어요?"

"네."

김두찬은 망설임 없이 대답했다.

그의 얼굴에서는 일말의 불안감도 보이지가 않았다.

'진짜 외운 거야?'

정태조는 김두찬의 말을 쉽게 믿을 수가 없었다. 하지만 그가 괜한 허세를 부릴 사람이 아니라는 건 누구보다 본인이 잘 알고 있잖은가?

만약 김두찬의 말이 사실이라면 그는 정말.

'괴물이야.'

인간이 완벽해도 어느 정도여야지, 이건 너무한 수준이다.

괴물이라는 단어 말고는 표현할 수가 없었다.

한편 불안하기는 예몽진도 마찬가지였다.

그는 시나리오를 가지고 돌아온 막내 스태프에게 조용히 물었다.

"김 작가님, 시나리오 제대로 읽은 거 맞니?"

"모르겠어요. 본인이 그렇다고 하시니… 믿어봐야죠."

"음… 그래, 가자."

예몽진이 고개를 끄덕이자 조감독이 소리쳤다.

"자! 스탠바이!"

이윽고 스태프 한 명이 슬레이트를 쳤다.

정태조와 김두찬이 나란히 새벽 공원을 걸었다.

"형, 괜찮아?"

김두찬의 입에서 별거 아닌 대사가 흘러나왔다.

크게 연기 감정선을 잡지 않아도 되는 대사였다.

알고 지내는 동네 동생의 입장에서 정태조의 상태를 걱정하며 툭 던지듯이 내뱉으면 그만이었다.

한데 멀리서 김두찬을 바라보는 신정우의 눈에 이채가 어렸다.

'음?'

김두찬의 연기는 그가 생각했던 것보다 자연스러웠다.

보통 연기 초짜들은 카메라를 의식하게 된다.

그 순간 걷는 것부터 숨을 내쉬는 것까지 전부 어색해지고, 그야말로 발연기라는 것이 나와 버리게 마련이다.

한데 연기 경험이 거의 전무하다는 초짜가, 그것도 작가라는 사람이 카메라를 의식하지 않고 있었다.

그것이 신정우의 입장에서는 대단히 놀라웠다.

사실 김두찬 스스로도 놀라는 중이었다.

첫 촬영 때만 해도 슛 들어가기 전까지 가슴이 뛰고 긴장이 됐었다.

그런데 이번 촬영엔 전혀 그런 것이 없었다.

김두찬은 단 한 번의 경험으로 촬영이라는 것에 적응해 버린 것이다.

아무튼 김두찬의 연기는 편안했고, 그 덕분에 정태조 역시 부드럽게 바통을 이어받았다.

"괜찮아 보이냐."

김두찬에게 대사를 건넴과 동시에 정태조는 모든 걱정을

잊었다.

'이 느낌이야.'

처음 김두찬과 촬영을 했을 때 느꼈던 편안함이 그를 휘감았다.

동시에 그는 자신의 캐릭터에 완전히 몰입할 수 있었다.

현실은 사라지고 영화 속 세계만이 남았다.

"지연이 누나가 우리 형 폐인 만드네."

"형수 욕하지 마라."

"그 지경이 돼서도 형수 편들어? 나 같으면 옛날에 헤어졌다."

"그냥 요새 조금 피곤해서 그런 거야. 알잖아. 지연이 기면 증 있는 거."

"으휴… 저 팔불출. 근데 이 시간에 공원은 왜 배회하는 거야, 우리? 그냥 소주나 빨러 가자. 형이나 나나 이런 거 안 어울려."

"소주 빨 기분 아니다."

"그럼 새벽에 공원 산책할 기분은 나고?"

"머리 복잡해서 그래. 이렇게 좀 걷다 보면 나아질 것도 같고."

"낮에 해 그럼, 낮에. 이 시간에 뭐야, 이게. 꼭 귀신이라도 튀어나올 것 같네."

이제 신정우가 나올 타이밍이었다.

한데 그는 김두찬의 연기에 감탄을 하다가 하마터면 타이 밍을 놓칠 뻔했다.

불현듯 정신을 차린 신정우가 어둠 속에서 모습을 드러냈 다.

"쯧쯧쯧, 그놈 꼬락서니가 꼭 꿈속에서 헤매는 것 같구먼."

무사히 첫 대사를 뱉은 신정우는 거기에 반응하는 김두찬 의 리액션을 살폈다.

'저놈 봐라?'

김두찬은 정말 자신에게 놀라 반쯤 혼이 나간 사람 같았 다.

촬영에 들어가기 전까지만 해도 잘생긴 얼굴이 전부인 김두 찬이었다.

그런데 지금은 그냥 동네에 차고 넘치는 평범한 청년, 그 이 상도 이하도 아니었다.

너무 평범하게 느껴져서 그 좋은 얼굴이 영 힘을 못 쓰고 있었다.

'연기로 자기 모습을 가려? 뭐야, 이 물건.'

신정우의 입장에서는 김두찬이 다 된 영화에 재 뿌리는 존 재로밖에 보이지 않았다.

그런데 그의 연가를 한 번 보고 나니, '범상치 않은 물건'으로 바뀌어 버렸다.

　신정우는 김두찬을 신경 쓰면서도 정태조와 대사를 주고받으며 안정적인 연기를 펼쳤다.

　그러는 동안에 김두찬은 대사가 없었다.

　때문에 열심히 리액션만 해야 했다.

　사실 배우들이 가장 어려워하는 것 중에 하나가 바로 이 리액션이다.

　대사가 있고 정확히 해야 할 행동이 있으면 그것을 해버리면 된다.

　하지만 그런 게 없으면 현재 상황에 맞는 리액션을 알아서 찾아야 한다.

　김두찬은 그걸 자연스럽게 소화해 냈다.

　신정우는 정태조에게 괴이한 말 몇 마디를 뱉어내고서 유령처럼 그의 곁을 스쳐 지나갔다.

　멀어지는 신정우의 뒷모습을 정태조와 김두찬이 바라보는 모습에서.

　"컷!"

　예몽진의 컷 사인이 떨어졌다.

　"잠깐 대기해 주세요. 모니터 하겠습니다!"

　정태조가 두 팔로 크게 원을 그려 알겠다는 표시를 했다.

　그러고는 김두찬의 연기를 칭찬했다.

"김 작가님, 그냥 배우로 전향하시죠. 영화 한 편에 단역 출연으로 그만두기엔 아까운 재능입니다."

"그건 너무 부담스러운 말씀이네요. 저는 글 쓰는 쪽이 더 좋아요."

"몇 번을 꼬셔도 안 넘어오네요. 아, 그보다 신 선배님 연기 잘하시죠?"

"네. 역시 다르더라고요."

"좀 꽉 막힌 데가 있어서 그렇지 대단한 분이십니다. 게다가 의리도 있고 입도 무거워서 선배님과 개인적 친분이 있는 후배들은 큰일이 생길 때나, 고민이 있을 땐 항상 찾아가곤 해요. 사실······."

무슨 말을 꺼내려던 정태조는 잠시 머뭇거리며 붐마이크가 치워진 것을 확인하고 난 뒤에 마저 혀를 놀렸다.

"제 얘기도 선배님한테 할 뻔했어요."

김두찬은 정태조가 얼마나 입이 무거운지 잘 알고 있었다.

한데 그런 사람조차 자신의 비밀을 털어놓을 뻔했다는 건 그만큼 신정우가 믿을 만하다는 것이다.

"아, 그러고 보니 제가 그 말 안 했었죠? 오트 퀴진, 저한테 처음으로 추천해 주신 분이 신 선배님이셨어요."

"그래요?"

"네. 배우의 이름도 읽으셨더라고요. 어제 제가 기자회견 하자마자 전화 왔었어요. 인기영이라는 작가분이 누구냐고. 꼭 좀 만나고 싶으니 다리를 놔달라던데… 계속 비밀 유지하느라 힘들었습니다."

"그런 일이 있었던 줄은 몰랐네요."

"오트 퀴진에 대해서 아주 극찬을 했습니다. 몇 년 만에 진짜 작가가 쓴 글을 읽는 것 같다고요. 선배님이 영화나 드라마는 안 봐도 책은 제법 읽으시거든요."

그때 두 사람에게 신정우가 다가왔다.

정태조가 하던 말을 황급히 멈추고서 엄지를 척 올렸다.

"선배님, 고생하셨습니다. 최고였습니다."

신정우는 그런 정태조의 칭찬을 듣는 둥 마는 둥 하며 김두찬에게 물었다.

"정말로 연기를 해본 적이 없는가?"

"네. 이번 영화에 단역으로 촬영 한 번 했었던 게 전부입니다."

"환장하겠구먼."

신정우가 관자놀이를 꾹 눌렀다.

김두찬의 말대로라면 연기는 이번이 생에 두 번째라는 말이 된다.

그런데 이런 연기를 펼친다?

어지간한 베테랑 연기자도 카메라를 처음 들이대면 긴장하게 마련이다.

하지만 김두찬에게서는 그런 모습이 전혀 없었다.

그는 말 그대로 이 무대에서 신나게 놀았다.

캐릭터에 몰입해서 자신을 지워 버렸다.

그러면서 튀지 않았다.

세상에 주연보다 튀는 단역은 없다.

김두찬은 단역으로서의 소임을 완벽하게 해냈다.

'저 얼굴이 어떻게 튀지 않을 수가 있어?'

상식적으로 이해가 가지 않는 부분이었으나, 김두찬은 그것을 해냈다.

그의 연기는 진짜였다.

신정우는 김두찬을 아래위로 훑어봤다.

이에 정태조는 그가 잔뜩 화난 것 같아 긴장했지만, 김두찬은 여유로운 미소를 머금었다.

신정우의 머리 위에 뜬 호감도가 상승하고 있었기 때문이다.

조금 전까지만 해도 3에 불과했던 호감도가 지금은 29까지 올라 있었다.

김두찬의 연기를 좋게 봤다는 뜻이다.

하지만 그는 내심을 있는 그대로 표현하지 않았다.

"작가치고는 제법 하는 것 같네만, 연기를 너무 쉽게 생각하지 않았으면 하네."

"세상에 쉬운 일이 어디 있겠어요. 그렇게 생각 안 합니다."

"혹시 자네 진지하게 연기를 하고 싶은 건가?"

"아니요. 경험 삼아 해본 것뿐입니다."

"경험?"

김두찬의 대답이 가벼웠다고 생각됐는지, 신정우의 미간이
바로 구겨졌다.

"누군가는 이런 자리에 한 번 서기 위해서 피똥을 싸가며
노력하고 있네. 지금도 대학로에 가보면 돈 한 푼 못 받아가면
서 연극하는 후배들이 얼마나 많은 줄 아는가?"

"알고 있어요."

"그런데 그리 가벼운 말을 함부로 하는가!"

"저는 필사적이었는데요."

"뭐라?"

"제 직업은 작가입니다. 작가에게 가장 중요한 것은 경험이
라고 생각합니다. 경험이 배제된 글은 죽은 글이기 때문입니
다. 작가가 직접 보고 듣고 체험한 것에서 나오는 글만큼 생생
하지 않죠. 단 한 줄을 써도 그게 느껴집니다. 해서 저는 작가
로서의 소임을 다하기 위해 무슨 일이든 경험해 보려는 것입
니다. 결코 연기를 가볍게 여기어서 경험 삼아 도전했다는 말
을 한 게 아닙니다."

김두찬의 말은 조목조목 일리가 있었다.

때문에 거기에서 신정우가 더 호통을 칠 수는 없었다.

편협하긴 해도 옳다고 여겨지는 것에는 괜한 억지를 부리지 않는 사람이었다.

하지만 이대로 대화를 마무리하기에는 자신을 지켜보는 눈이 너무 많았다.

한마디로 쪽이 팔렸다.

해서 괜히 한마디를 덧붙였다.

"그 정도의 각오로 작가 일을 하는 거라면… 인기영이라는 작가가 쓴 글을 읽어보게. 오트 퀴진이랑 배우의 이름이라는 책을 집필했지. 이미 읽어봤을 수도 있겠군."

"네. 읽어봤습니다."

"그런가? 어떻던가. 나는 근 몇 년간 그토록 잘 쓴 소설을 읽어본 적이 없네. 진정 작가라고 인정할 만한 양반이야. 그런 필력이 나오려면 아마 나이도 지긋하겠지. 충분히 자네의 롤모델이 될 만하다고 여겨지네."

"그렇군요."

김두찬이 너무 아무렇지도 않게 말을 받자 신정우의 눈이 가늘어졌다.

"혹시 자네… 인기영이 누구인지 이미 알고 있나?"

김두찬은 어떻게 대답할까 잠시 고민했다.

정태조가 말하길 신정우는 믿을 만한 사람이라고 했다.

어떤 비밀이든 그의 귀로 들어가면 입으로 다시 나오지 않는다고 했다.

하지만 아직 정체를 밝히기에는 위험 요소가 많았다.

김두찬은 고개를 내저었다.

"아니요. 모릅니다."

"그런가? 혹시나 했는데… 그렇구먼. 아무튼 인기영이라는 작가와 혹여라도 만날 일이 생기거든 먼저 손을 내밀도록 하게. 모든 글쟁이들의 귀감이 될 만한 양반일세. 내 한 번도 본적 없지만 장담할 수 있어."

그렇게 말하는 신정우를 보며 '그분이 이분입니다'라는 말이 목구멍까지 차오르는 정태조였다.

Liking 74

그들의 사정

"오케이!"

예몽진 감독은 두 테이크를 더 촬영한 뒤 오케이 사인을 보냈다.

사실 첫 번째 테이크도 상당히 좋았다.

예몽진이 그렸던 그림에 완벽히 부합했다.

하지만 그보다 더 좋은 그림이 나올 것 같은 욕심에 두 테이크를 더 촬영한 것이다.

결과적으로 예몽진의 판단은 옳았다.

세 배우는 테이크가 늘어날수록 전보다 완벽한 호흡을 자랑했다.

신정우는 김두찬에 대한 편견을 완전히 버린 듯했다.

해서 다른 사념 없이 온전히 연기에만 집중할 수 있었다.

정태조의 연기야 워낙에 안정적이었다.

놀라운 건 김두찬이었다.

첫 테이크와 두 번째 테이크의 연기가 달랐고, 세 번째 테이크의 연기가 또 달랐다.

그는 무서운 속도로 적응해 가고 있었다.

다른 배우가 10년이 걸려야 가능한 것을 김두찬은 한 컷을 촬영하며 해결해 버렸다.

촬영을 끝낸 김두찬은 정태조와 잡담을 하며 웃고 있었다.

그런 김두찬을 보며 예몽진 감독이 생각했다.

'사람 맞나 싶군.'

예몽진이 보기에 김두찬은 몇백 년에 한 번 나올 듯 말 듯한 천재였다.

아니, 천재라는 말로도 모자람이 있었다.

'글 밥만 먹고 살기에는 아까운 사람이야.'

예몽진은 김두찬의 연기적 재능이 너무 탐났다.

그가 조금만 더 무르익는다면, 그를 주연으로 영화 한 편을 찍어도 되지 않을까 싶을 정도였다.

김두찬의 연기에 감탄한 건 예몽진뿐만이 아니었다.

촬영장에 있던 배우와 스태프들 모두 뭐에 홀리기라도 한 듯한 얼굴로 김두찬을 바라봤다.

"쟤, 분명히 연기해 봤어."

여배우 중 한 명이 말을 흘렸다.

그에 많은 사람들이 공감했다.

한데 다른 여배우가 또 하나의 가능성을 제시했다.

"아니면 그냥 천재이든가."

그러자 다시 많은 이들의 고개가 끄덕여졌다.

이렇든 저렇든 간에 중요한 건 김두찬의 연기가 장난이 아니었다는 것이다.

단역을 저렇게 소화해 버리는데, 주연이나 조연급의 배역을 맡으면 어떨지 기대될 정도였다.

신정우 역시 김두찬을 보는 시선 자체가 달라졌다.

노기가 가득했던 눈동자 속엔 호감을 넘어서서 애정 비슷한 것이 엿보일 정도였다.

'그냥 얼굴 믿고 까부는 뜨내기가 아니었어. 그런데 정작 연기는 경험만 해볼 셈이다? 그러기엔 아까운데… 배우 될 생각도 없는 녀석인데 이런 재능을 갖고 태어나다니. 돼지 목에 진주 목걸이로구나.'

저런 재능은 연기에 목숨 건 후배들한테나 가야 하는데. 하늘도 참 무심하시지.

신정우가 혀를 끌끌 찼다.

그러면서도 한편으로는 김두찬을 이 바닥에 끌어들일 방법이 없을까 저도 모르게 궁리했다.

"김두찬이라고 했는가?"

신정우가 처음으로 김두찬의 이름을 불렀다.

"네."

"자네가 쓴 글들이 궁금해지는구먼."

그러자 정태조가 불쑥 나섰다.

"김 작가님 글이야 두말할 것 없이 최고죠. 한데 선배님이랑은 좀 안 맞을 수도 있어요."

"어째서 그런 말을 해? 최고인데 나랑 맞지 않을 거라니?"

"아, 그게 음… 선배님, 판타지라는 장르를 아시죠?"

"알아. 요새 연극에서도 종종 차용해. 현실에서 일어날 수 없는 환상적인 설정을 가지고 이야기를 풀어나가는 그런 연극들이 간혹 보이더라고. 몽중인이라는 이 영화도 판타지 로맨스라는 장르던데……."

말을 하던 신정우는 알겠다는 듯 고개를 끄덕였다.

"확실히 내 성향에는 맞지 않는구먼. 그래도 궁금은 하니 기회가 닿는다면 읽어보도록 하지."

"정말이십니까?"

정태조가 놀라 물었다.

그가 아는 신정우는 환상문학에는 눈길도 주지 않는 타입이었기 때문이다.

해서 김두찬이 어떠한 장르의 글을 집필하는지 알면 절대 읽는다고 하지 않을 것이라 생각했다.

하지만 신정우는 이를 알고서도 관심을 보였다.

그만큼 김두찬이라는 사람 자체를 괜찮게 생각한다는 뜻이었다.

'하긴 읽어보면 또 생각이 바뀔지도 모르지.'

정태조는 김두찬이 인기영이라는 것을 안다.

신정우는 인기영이라는 필명으로 출간된 책을 재미있게 읽었다.

때문에 김두찬의 글이 환상문학이라 해도 예외적으로 그를 만족시킬 수도 있는 것이다.

"저… 읽어볼 생각이시면 제가 바로 드릴게요."

"바로? 어떻게?"

"따라오시죠."

김두찬은 신정우를 자신의 차가 주차된 곳으로 인도했다.

그리고 트렁크에 늘 싣고 다니는 자신의 책들 중 몽중인과 적—레드, 적—블루, 청도의 꿈에 사인을 했다.

그것을 봉투에 담아서 신정우에게 건넸다.

"제가 출간한 책 중에서 선배님께서 읽으실 만한 것으로 몇 작품 골라봤습니다."

"이걸 내가 맨입으로 받아도 되겠나?"

"그럼요."

"아니, 그건 아니지. 그래도 작가가 심혈을 기울여 집필한 작품인데 그냥 받을 수야 있나."

신정우가 지갑에서 오만 원권 두 장을 꺼내 건넸다.

"받게."

"아닙니다."

"이건 자네 작품에 대한 존중의 의미야. 그러니 받아."

신정우가 그렇게까지 말하는데 계속 거절하는 것도 예의가 아니었다.

김두찬은 두말없이 돈을 받았다.

"알겠습니다."

"책은 잘 읽어보겠네. 아, 혹시 명함 있는가?"

"아직 없습니다."

대답을 해놓고 보니 김두찬은 명함을 하나 파야겠다는 생각이 들었다.

앞으로 계속해서 일적으로 새로운 사람을 만나야 할 텐데 명함 하나는 있는 게 좋을 듯했다.

신정우가 자신의 구형 스마트폰을 내밀었다.

"거기에 번호 찍어봐."

"네."

김두찬이 번호를 찍어 돌려주니 신정우는 저장을 하며 말했다.

"책 읽고 연락 주겠네."

"들어가시게요?"

"약속한 분량 뽑아줬으니 그만 가야지. 반가웠네. 그리고…함부로 무시해서 미안했어."

"아니에요. 괜찮습니다."

"그럼 들어가게."

신정우는 현장으로 가서 감독과 스태프, 그리고 배우들에게 인사를 건넨 뒤 밴을 타고 떠났다.

멀어지는 밴을 바라보는 김두찬의 곁으로 정미연이 다가왔다.

"연기 정말 잘하더라, 자기."

"잘하던가요?"

"난 작가가 아니라 배우인 줄 알았어요."

"놀리는 거죠?"

"아니, 진심인데."

정미연은 김두찬의 연기를 보고 있는 내내 놀람의 연속이었다.

당장 글 쓰는 걸 때려치우고 배우로 전향한다고 해도 이상하지 않을 수준이었다.

감탄하는 정미연의 모습이 김두찬은 싫지 않았다.

모든 남자들은 자신의 여자에게 잘 보이고 싶어 한다.

김두찬도 똑같은 남자였고 정미연에게 늘 멋있는 존재이기를 원했다.

그녀와 함께하는 순간은 언제나 좋았다.

하지만 서로 바쁘니 그게 쉽지만은 않았다.

그래서 오늘 같은 날, 더욱 의미 있는 시간을 가져야 했다.

김두찬이 시간을 확인하니 벌써 새벽 네 시였다.

"미연 씨 내일 몇 시 출근이에요?"

"내일은 점심에 나가도 돼요."

"잘됐다. 그럼 오늘 나랑 더 놀아요."

"오늘 마음에 드는 말만 골라서 하네? 얼마든지."

정미연의 허락이 떨어지자 김두찬은 바쁘게 영화판 사람들과 작별 인사를 나눴다.

정태조는 끝까지 김두찬을 따라와 그를 차 앞에서 마중했다.

"이제 가볼게요, 정 배우님."

"피곤하실 텐데 운전 조심하세요. 미연 씨도 만나서 반가웠어요. 즐거운 새벽 되세요, 두 분."

"다음에 뵐게요."

정미연의 인사를 마지막으로 길었던 인사가 끝났다.

김두찬은 차를 몰아 현장을 떠났다.

한참 운전을 하던 그가 고개를 갸웃거렸다.

"흐음."

그런 김두찬을 힐끗 쳐다보며 정미연이 물었다.

"왜 그래요?"

"정 배우님이요. 처음 볼 때부터 살짝 느꼈던 건데 얼굴이 낯설지가 않아서요."

"그거야 당연한 거 아닐까? 스크린에서 심심찮게 봤을 테니까."

"그래서 그런가."

"그렇겠죠."

"음."

김두찬은 꼭 그런 이유에서만은 아닌 것 같았지만 더 깊이 생각 않기로 했다.

"그나저나 미연 씨 어디 가고 싶은 곳 있어요?"

"두찬 씨랑 함께라면 아무 데나 좋아."

"구리 도착하면 다섯 시가 넘을 것 같은데. 그냥 회사 근처에서 하루 쉴래요? 출근하기도 더 편하고… 아, 그럼 같은 옷 입고 가야 해서 조금 그런가요?"

"아니, 상관없어요. 출근 시간 줄이고 그게 더 좋겠네. 그리고 옷이야 회사 가면 널리고 널렸는데, 뭐."

"하긴. 스타일리스트가 직업인 사람인데 괜한 걱정을 했네요."

"그럼 우리 오늘 모텔에서 자겠네?"

"그렇겠죠?"

"오래간만에 같이 자는 거고."

"그렇죠."

"밤에 기대할게요."

정미연이 요염한 표정을 지으며 김두찬의 허벅지를 슬쩍 쓰다듬었다.

'윽!'

김두찬이 놀라서 경직되자 정미연은 쿡쿡 웃으며 손을 거두었다.

김두찬은 정미연의 장난으로 야릇한 기분이 되어버린 채 겨우겨우 차를 몰아 잠실에 도착했다.

*　　　*　　　*

차를 회사 주차장에 세운 뒤, 두 사람은 근처 술집으로 향했다.

그들이 찾은 곳은 돼지 껍데기가 맛있기로 소문난 심야 고깃집이었다.

정미연은 도회적으로 생긴 것과 달리 돼지 껍데기와 닭발, 선지해장국 같은 것들을 좋아했다.

양철 테이블 위에서 연탄불에 돼지 껍데기가 노릇노릇 익어갔다.

정미연은 능숙하게 가위질을 해 돼지 껍데기를 자른 뒤, 앞뒤로 익혔다.

그리고 가장 잘 익은 놈 하나를 젓가락으로 집어 김두찬의 입으로 가져갔다.

"아~"

"아~"

김두찬은 시키는 대로 입을 벌리고 돼지 껍데기를 받아먹었다.

"와, 여기 맛있네요."

"내 단골집이에요. 그러고 보니 두찬 씨도 요리 잘하잖아요. 우리 나중에 서로 하는 일 지겨워지면 식당이나 하나 차릴까?"

"나쁘지 않죠."

"근데 두찬 씨."

"네?"

"가는 게 있는데 오는 게 없네?"

"무슨… 아!"

뒤늦게 말뜻을 이해한 김두찬이 돼지 껍데기 하나를 집어 정미연에게 건넸다.

정미연이 그것을 아기 새처럼 널름 받아먹고는 씩 웃었다.

"전에 나 사귀었던 남자들이 이 광경 보면 욕을 바가지로 하겠네."

"왜요?"

"걔들이 주는 거 받아먹은 적 없거든. 내가 먹여준 적도 없었고."

"그랬어요?"

"원래 그게 나였어요. 그런데 지금은 나도 내가 왜 이러는지 모르겠어. 그냥 다 좋네. 두찬 씨한테 완전히 취해 버린 것 같아."

정미연이 솔직한 심정을 담아 말했다.

그게 김두찬의 가슴을 마구 뛰게 만들었다.

완전히 취해 버린 것 같다고 했다.

사람이 사람에게 취해 버린다니, 이 얼마나 멋진 표현인가.

김두찬의 입에 절로 미소가 어렸다.

"나도 그래요. 미연 씨한테 취한 것 같아."

"그럼 이번엔 알코올에 취해볼까요? 오늘은 두찬 씨 취한 모습 보고 말 거야."

정미연이 술잔을 들어 올렸다.

김두찬도 술잔을 들었고, 두 사람의 잔이 부딪히며 맑은 소리를 냈다.

꿀꺽! 꿀꺽!

단숨에 술을 비운 연인은 돼지 껍데기를 똑같이 입에 넣고 우물거리며 씹었다.

데칼코마니 같은 서로의 모습에 누가 먼저랄 것도 없이 웃음이 터졌다.

정미연도 김두찬도 숨죽여 킥킥댔다.

그러던 와중 갑자기 웃음을 멈춘 정미연이 느닷없는 질문을 던졌다.

"두찬 씨, 근데 두찬 씨는 결혼할 생각 있어요?"

"크큭. …네?"

"결혼할 생각 있냐고요."

"미연… 씨랑요?"

"누구든. 요새 나홀로 족이 많아지는 추세잖아요. 두찬 씨 생각은 어떤지 궁금해서."

"아… 글쎄요. 크게 생각해 보지는 않았는데."

"그럼 결혼을 한다는 가정하에, 그 상대가 나라면 어떨 것 같아?"

연이어 터지는 강력한 질문에 김두찬의 머릿속이 텅 비었다.

하지만 이내 정신을 차리고 정미연의 물음을 곱씹었다.

그가 진지하게 그녀와의 결혼에 대해서 생각해 보려는 찰나였다.

"혹시, 김두찬 작가님 아니십니까?"

옆 테이블에 있던 누군가가 다가와 그에게 물었다.

김두찬이 고개를 돌려 목소리의 주인을 확인했다.

그런데 뭔가 묘했다.

처음 보는 얼굴이 분명한데, 낯설지가 않았다.

순간 김두찬의 머릿속에 정태조가 떠올랐다.

낯선 사내는 정태조와 얼굴이 상당히 닮아 있었다.

하지만 정태조보다 거친 느낌이 강했다.

게다가 큰 키에 덩치도 제법이었다.

얼굴에는 잔 상처들이 드문드문 보였다.

김두찬이 그의 머리 위를 살피니 호감도가 62였다.

'저 정도 호감도라면 나쁜 감정으로 접근한 건 아닐 거야.'

김두찬은 고개를 끄덕이며 대답했다.

"네. 제가 김두찬은 맞는데… 누구신지요?"

"하하하! 반갑습니다! 나, 정지호라고 합니다! 그쪽이 집필한 몽중인이 영화 제작 들어가지 않았습니까? 거기 주연 배우 정태조가 내 동생입니다."

정지호는 본인을 정태조의 형이라 밝혔다.

어쩐지 얼굴이 닮은 것 같더라니.

"아니, 어떻게 이런 자리에서 이렇게 만나게 되나그래? 진짜 신기하네요."

정지호가 박수까지 치며 신나 했다.

그에 김두찬도 반가운 마음에 일어나 인사를 하려 했다.

그런데 정지호가 그런 김두찬을 도로 말렸다.

"그냥 앉아 있어요. 두 분 데이트 중이신 것 같은데 잠깐 엉덩이 좀 붙여도 되겠습니까?"

김두찬이 정미연을 바라보았다.

그녀는 가볍게 고개를 끄덕였다.

"감사합니다!"

정지호의 목소리는 기차 화통을 삶아 먹은 것처럼 우렁찼다.

그가 빈 의자에 앉자마자 두서없이 말을 꺼냈다.

"두 분이서 오붓한 와중에 끼어드는 것이 실례인 줄은 아는데, 감사하다는 인사를 하지 않을 수가 없어서 실례했습니다."

"네?"

별안간 뭐가 감사하다는 건지 모를 일이었다.

정지호와 김두찬 사이에 정태조라는 연결 고리가 있긴 하지만, 어쨌든 초면이었다.

한데 감사하단 인사를 해버리니 의아했다.

"내 동생 살려주서서 감사합니다."

"제가 정 배우님을 살렸다고요?"

"그럼 누가 살렸겠습니까?"

"저는 딱히 그런 일을 한 적이 없는데요."

"내가 외형이랑 달리 책을 좀 읽습니다. 그쪽이 쓴 글도 전부 읽었습니다. 그리고 인기영이라는 작가가 집필한 책도 읽었습니다."

그 말을 하는 순간 김두찬의 눈동자가 살짝 떨렸다.

이를 포착한 정지호가 씩 웃었다.

"베일에 싸인 작가 인기영이, 그쪽 맞죠?"

정지호는 이미 확신을 하고서 질문을 던지고 있었다.

하지만 김두찬은 쉽게 인정하지 않았다.

"왜 그렇게 생각하세요?"

"태조가 나한테는 말하지 않는 게 없어요. 배우의 이름에서 까발려진 그 녀석 과거와 비밀리에 함께하고 있는 여자가 있었다는 것도 당연히 나는 알았죠."

형제니까 그럴 수 있는 부분이다.

정태조에게도 대나무 숲은 필요할 테고 그것이 정지호였을 수도 있었다.

"그런데 인기영 작가가 누군지에 대해서는 한사코 말을 않더라고. 사실 배우의 이름이 출간된 지 얼마 안 돼서 읽어봤거든. 읽자마자 알았죠. 이거 내 동생 이야기구나. 근데 이게 왜 출간된 걸까? 잠깐 고민하니까 진단 나오더라고요. 인기영이라는 작가가 태조를 도와주려고 한다."

정확한 판단이었다.

정지호의 말은 계속 이어졌다.

"그런데 태조는 인기영 작가가 누구인지 말을 하지 않고. 내가 걔에 대해서 모르는 게 없는데, 이런 필력을 자랑하는 작가와 알고 지냈다는 얘기는 없었거든요. 그래서 생각을 해봤어요. 배우의 이름이 출간된 시기와, 태조가 지금 찍고 있는 영화. 그리고 영화의 원작자 김두찬. 연결시켜 보니까 그림이 그려지더군요."

정지호가 검지로 김두찬을 가리켰다.

"김두찬 작가가 태조와 영화를 살리기 위해서 가명으로 손을 썼다, 라고요. 그 입 무거운 녀석이 어째서 김두찬 작가에게 자기 얘기를 한 걸까 하는 의문은 남지만."

정지호의 판단은 날카로웠다.

물론 정태조가 그의 동생이 아니었다면 그는 이런 짐작을 못 했을 것이다.

하지만 정태조의 일거수일투족을 알고 있는 그의 입장에서는 동생이 한 번도 말한 적 없는 인기영이라는 작가가 어디서 튀어나온 것인지 의심스러웠다.

그 의심의 화살은 당연히 몽중인의 원작자이자 어마어마한 필력으로 매번 베스트셀러를 뽑아내는 김두찬에게 향했다.

"제 말이 맞나요?"

김두찬은 조금 고민하다가 물었다.

"그걸 왜 확인하려는 거죠?"

그에 정지호는 주먹으로 자기 가슴을 탕탕 쳤다.

"은원 관계는 확실히 하자는 게 내 신조입니다. 원한을 졌으면 지구 끝까지라도 쫓아가서 보복하지만, 은혜를 입으면 그 이상으로 돌려 드려야 하지 않겠습니까?"

저런 마음이니 김두찬에 대한 호감도가 높은 게 당연했다.

"특히나 내 동생의 인생을 살려준 은인이라면 더더욱 은혜를 갚아야 마땅합니다. 그쪽이 인기영 작가가 맞기를 바랍니다. 그래야 내가 보답할 기회가 생기니까."

정지호는 울림통이 큰 목소리임에도 인기영이라는 이름이 나올 때면 목소리를 죽였다.

김두찬이 인기영이 맞다면, 그 정체가 다른 곳으로 새어 나가지 않도록 하기 위한 배려였다.

정지호의 이야기를 듣고 난 김두찬이 그의 머리 위를 살폈다.

처음 볼 때부터 62였던 호감도는 몇 마디 대화를 나누는 동안 89까지 솟구쳐 있었다.

'이 정도라면 굳이 숨길 필요 없을 것 같은데. 동생에 대한 이야기도 어디 흘리지 않은 걸 보면 입도 무거운 것 같고.'

잠시 고민하던 김두찬은 상상 공유의 능력을 사용했다.

그러자 김두찬의 의식이 정지호의 의식 안으로 스며들어 갔다.

정지호의 내면과 잡다한 생각들을 들여다본 김두찬은 다시 현실로 빠져나왔다.

그러자 정미연과 정지호의 걱정스러운 시선이 느껴졌다.

"작가님, 괜찮아요?"

"두찬 씨, 두찬 씨?"

정미연이 김두찬을 흔들면서 이름을 연신 불렀다.

"아, 네. 미연 씨. 저 괜찮아요."

"갑자기 멍해져서는 아무 말도 안 하기에 놀랐어요."

"제가 그랬어요?"

"겨우 술 몇 잔에 취할 사람이 아니잖아요?"

김두찬은 상상 공유 상태에 들어가면 5분 동안 현실과 의식이 단절된다는 걸 깜빡했다.

"미안해요. 놀라서 잠깐 멍했었나 봐요."

대충 말을 둘러댄 김두찬이 정지호를 바라봤다.

상상 공유로 그의 의식을 살펴본 결과 정지호는 믿을 만한 사람이라는 판단이 섰다.

게다가 그의 직업은 조금 독특했다.

"인정하지 않을 수가 없네요. 인기영이라는 이름은 제 필명이 맞습니다."

"역시!"

정지호가 테이블을 탕! 쳤다.

그때였다.

고깃집으로 막 들어오던 일단의 무리 중 한 남자가 김두찬을 발견하고서 눈을 크게 떴다.

"어? 김두찬이다!"

저도 모르게 큰 소리로 외친 남자는 김두찬의 테이블로 다가와 물었다.

"김두찬 맞죠? 몽중인 작가!"

"아, 네. 맞아요."

"우와! 저 팬이거든요!"

그러더니 이번에는 정미연을 보고서는 기함했다.

"대박! 정미연! 데이트하는 중이었어요? 야야! 이리 와봐! 김두찬이랑 정미연이다! 진짜 대박 아니냐, 이거?"

남자가 부르자 그 일행 네 명이 우르르 몰려와서 테이블을 둘러싸듯 했다.

그 안하무인격 행동에 김두찬은 물론이고 정미연도 슬슬 짜증이 올라왔다.

남자는 스마트폰을 꺼내며 물었다.

"저 사진 좀 찍어도 돼요? 제 SNS에만 올릴게요!"

그 말에 정미연이 차가운 얼굴로 일침을 날렸다.

"사람 면전에 대고 이름 석 자 막 부르는 거 예의 아니라고 집에서 못 배웠어요? 그리고 사진 찍지 마세요. 그쪽한테 사진 찍히고 싶은 마음 없어요."

생각지 못했던 싸늘한 반응에 남자는 멍해졌다가 이내 화를 냈다.

"아니, 뭐 사진 좀 찍겠다는데 그렇게 무안을 줍니까. 싫으면 그냥 정중히 거절하면 되잖아요."

그 말에 이번엔 김두찬이 나섰다.

"본인이 먼저 우리한테 정중한 태도를 보였는지부터 생각해 봤으면 좋겠는데요."

"네? 와, 김두찬 뭐 팬미팅에서 엄청 친절했다고 그러더니 다 이미지 메이킹 한 거였나 봐요?"

남자가 어처구니없다는 투로 말하자 그의 친구가 거들었다.

"연예인도 아니고 작간데… 이렇게 뻣뻣하게 나올 사이즈는 아니지 않나?"

"그러니까. 우리가 뭐 해코지하겠다 한 것도 아니고."

그들이 주고받는 말을 들으며 김두찬은 처음으로 개념 없는 팬들에 시달리는 연예인의 심정을 알게 됐다.

'일이 이런 식으로 흘러가는구나.'

자기들이 먼저 예의 없이 접근해 놓고 그것을 팬심에 의한 행동이었다는 것으로 포장해 버린다.

그런데 기분 상한 연예인이 사인이나 사진 찍는 걸 거부하면 그 연예인은 인성 별로인 인간이라는 식으로 소문을 퍼뜨린다.

경멸스러운 짓거리가 아닐 수 없었다.

"좀 유별나신 것 같네요."

남자가 끝까지 혀를 못되게 놀렸다.

결국 김두찬과 정미연의 인내심이 바닥났다.

두 사람이 동시에 뭐라고 하려는데, 정지호가 버럭 소리쳤다.

"얘들아!"

그러자 옆 테이블에서 술을 마시고 있던 여덟 명의 덩치가 벌떡 일어섰다.

"네, 형님!"

그 광경에 시비를 걸던 남자와 패거리들이 놀라서 굳었다.

고깃집 안에 있던 다른 손님들도 범상치 않은 사내들의 덩치와 면면에 흠칫거렸다.

"이분이 김두찬 작가님이시란다! 내가 이분을 개인적으로 참 존경한다. 와서 인사드려라."

정지호의 명령에 덩치들이 일제히 몰려들었다.

그러고서는 김두찬의 테이블을 둘러싸고 있던 패거리들을 포위하듯 섰다.

"잘 부탁드리겠습니다!"

덩치들이 김두찬에게 허리를 구십 도로 숙였다.

"딸꾹!"

그저 인사만 한 것뿐인데 분위기가 살벌해졌다.

박력에 놀란 예의 없는 남자가 저도 모르게 딸꾹질을 했다.

정지호는 씩 웃더니 딸꾹질을 하는 남자에게 물었다.

"근데 이렇게 보니 내 고향 후배 조만이 닮았네. 이름이 뭐요?"

"저, 저요?"

"그럼 내가 지금 다른 데 보고 있는 것 같아요? 내 눈이 사시도 아니고."

"와, 왕경태인데요."

"조만이가 아니라 경태야? 사람 잘못 봤네. 그래, 왕경태. 우리 초면이지만 이름 좀 막 불러도 상관없지?"

"네? 네에……."

"이야, 근데 대박이다. 진짜 조만이랑 판박이네? 나랑 사진 좀 같이 찍자, 조만아. 아니, 경태야."

"제가… 왜요?"

"조만이를 너무 닮아서 반가워서 그러는데 같이 좀 찍자?"

"시, 싫은데요."

"아니, 뭐 사진 좀 찍겠다는데 그렇게 무안을 줘? 연예인도 아니고 일반인인데 그렇게 뻣뻣하게 나올 사이즈 아니잖아? 내가 뭐 해코지했어? 어!"

마지막에 정지호가 소리를 버럭 질렀다.

그러자 왕경태 패거리가 잔뜩 위축되어 고개를 절레절레 내저었다.

"얘들아, 찍자."

"네!"

정지호의 동생들이 잔뜩 쫄아 있는 왕경태 패거리와 붙어 섰다.

그러자 정지호가 스마트폰으로 사진을 찍었다.

찰칵!

"사진 잘 나왔네. 이거 내 SNS 계정에만 올릴게. 괜찮지? 아, 그리고 경태야. 혹시 주변에서 김두찬 작가 안 좋게 말하거나 인터넷에 뻘글 올리는 새끼들 있으면 내 말 좀 전해줘라. 그딴 짓거리 나한테 걸리는 순간 사지를 찢어서 젓갈을 담가 버린다고. 알았지?"

왕경태는 대답도 제대로 못 하고서 그저 고개만 끄덕였다.

"그래. 이제 가봐."

"……"

돼지 껍데기를 먹으러 들어왔던 왕경태 패거리는 빈자리에 앉지 못하고서 도로 나가 버렸다.

정지호는 동생들을 다시 테이블로 돌려보낸 뒤 김두찬에게 사과했다.

"소란 피워서 미안하게 됐어요. 방금 봐서 알겠지만 내 직업이 이겁니다."

정지호가 주먹을 말아 쥐어 들어 올렸다.

"주먹 밥 먹고 살아요."

"그렇군요."

김두찬은 놀라지 않았다.

상상 공유로 그의 머릿속을 들여다보면서 이미 알아챘기 때문이다.

아울러 본의 아니게 그의 깊은 비밀 또한 알게 되었다.

담담하게 대답하는 김두찬을 보며 정지호가 피식 웃었다.

"담도 큰가 봅니다. 별로 놀라지를 않네."

"주먹으로 먹고산다고 전부 나쁜 사람은 아니니까요."

그 말에 정지호가 씁쓸한 미소를 머금었다.

"그렇다고 좋은 일 하는 인간들이라고 보기도 어려워요. 기본적으로 법을 무시하고 벌이는 짓거리가 워낙 많으니까. 그래도 우리는 마약 같은 거 안 돌립니다. 어린 가시내들 호구

잡아서 몸 팔게 하지도 않아요. 3년 전에 내가 잠실을 먹었는데, 그런 쓰레기 짓 하는 조폭 새끼들 몰아내려고 잠실 잡은 거거든. 뭐⋯ 그렇다고 해도 우리가 깨끗한 인간들이라고 할 수는 없지만, 적어도 어느 정도 선은 지키고 삽니다."

김두찬은 정지호의 의식을 들여다보면서 그가 얼마나 복잡한 심경을 안고 사는지 이해했다.

타고나길 강골로 태어난 데다가 배운 게 주먹질밖에 없는 그였다.

해서 이 바닥으로 들어섰는데 그가 생각했던 것보다 너무 더러웠고 건달 사이에 의리 같은 건 찾아볼 수도 없었다.

정지호는 그 더러운 바닥을 조금이나마 정화시켜 보겠다고 출사표를 던졌다.

처음엔 독고다이로 뛰어들어서 서서히 세력을 키우다가 지금은 잠실 바닥을 전부 잡아먹었다.

하지만 악을 악으로 처단했다고 해서 그 악이 선이 되는 건 아니다.

자신은 여전히 법보다는 돈과 인맥으로 불법적인 몇 가지 일을 저지르는 주먹패였다.

그렇다 보니 정태조의 형이라는 사실을 쉽게 밝히고 다닐 수도 없었다.

혹여라도 동생에게 피해가 가면 안 되는 일이니 말이다.

그럼에도 김두찬에게는 자신이 정태조의 형이라는 걸 말했다.

동생을 지켜주려는 작가가 이런 사실을 마구 떠벌릴 리 없었으니까.

세 사람 사이에 잠시 침묵이 흘렀다.

정지호의 무거운 이야기 때문이었다.

그에 김두찬이 화제를 돌렸다.

"방금 전엔 고마웠어요. 난처한 상황이었는데."

"뭘 그런 걸 가지고 고맙다 그럽니까. 아직 갚아야 할 은혜가 산더미 같은데. 방금 그건 새 발의 피도 안 됩니다."

정지호가 품에서 명함 한 장을 꺼내 내밀었다.

김두찬이 명함을 받아 살폈다.

거기엔 '친절한 친구들'이라는 회사 이름과 정지호의 여러 가지 정보들이 적혀 있었다.

당연히 정지호의 직위는 CEO였다.

"그게 지금 내가 꾸려가고 있는 경호 업체입니다. 주로 방송 쪽 관련된 일 하고 있어요. 연예인들 로드 버라이어티나 야외 예능 찍을 때, 톱스타 출국하거나 돌아올 때 나가서 몸으로 바리케이트 쳐줍니다."

그러자 정미연이 알은체를 했다.

"들어봤어요. 이 회사 이름."

"저도 정미연 씨 잘 알고 있습니다. 방송 쪽에서는 나름 유명하시니까. 아무튼 이쪽으로 회사 덩치가 많이 커지면 이제 더러운 일에서 손 완전히 뗄 생각입니다."

정지호는 얼른 밤 세계에서 벗어나고 싶었다.

그래야 자신의 동생 앞에 떳떳하게 설 수 있을 테니까.

"언제든지 내가 도울 일 있으면 연락 주세요. 열 일 제치고서라도 달려갈 테니까."

"그러도록 할게요."

"그럼 오붓한 시간 보내세요. 애들아, 가자."

"네, 형님!"

정태조가 엉덩이를 떼며 동생들에게 말했다.

불판 위에 올려진 고기를 깔끔하게 비운 동생들이 일제히 대답하며 일어섰다.

그들이 나가고 난 뒤 김두찬은 명함을 가만히 들여다봤다.

'정지호. 정태조의… 이복 형.'

그것이 김두찬이 알게 된 정지호의 비밀 중 하나였다.

정지호와 정태조는 아버지가 같았다.

하지만 낳아준 어머니는 달랐다.

두 사람의 아버지는 원체 방랑벽이 심한 데다가 양아치 기질이 다분한 인간이었다.

바람기도 많아서 한 여자한테 정착하는 법이 없었다.

해서 정지호를 낳아준 여인을 버리고 이내 다른 여인을 품에 안았다.

그 사이에서 정태조를 낳고 난 뒤엔 또 다른 여자를 찾아 떠났다.

지금은 모두와 연락이 끊겨 어디에서 뭘 하고 지내는지도 알 수가 없었다.

한데 정지호와 정태조가 어떻게 서로를 알게 되어서 이렇게 절절한 사이가 되었는지에 대해서는 김두찬도 알지 못했다.

정지호의 의식 속에서 거기에 대한 정보는 접하기가 힘들었다.

'인생에 파도가 참 많은 사람이네. 그건 그렇고……'

김두찬은 정지호의 의식 안에서 알게 된 또 하나의 비밀을 떠올렸다.

그것은 김두찬에게 제법 큰 충격으로 다가왔다.

'이건 정말 생각지도 못했었는데.'

그가 저도 모르게 고개를 절레절레 저었다.

그때 정미연이 김두찬에게 물었다.

"참 재미있는 인연이야. 그렇죠?"

"그러게요. 이런 장소에서 생각지도 못했던 사람과 만나게 될 줄은 몰랐어요."

"아무튼 이제 다른 얘기는 그만. 조금 방해받았으니까 우리

둘만의 시간을 즐겨요."

"얼마든지."

*　　　*　　　*

오전 11시.

김두찬과 정미연은 모텔에서 눈을 떴다.

두 사람은 새벽 다섯 시까지 열심히 술을 마시며 이런저런 얘기를 나눴다.

"으, 머리야."

어지간해서는 숙취가 없는 정미연이었다.

한데 어제는 술이 달았고, 결과적으로 상당히 과음을 하고 말았다.

정미연이 침대에 앉아 지끈거리는 머리를 꾹 눌렀다.

속은 속대로 뒤집어졌다.

그런 그녀를 김두찬이 뒤에서 살짝 끌어안았다.

그러고는 숙취 해소의 능력을 사용했다.

그러자 거짓말처럼 정미연의 머리가 맑아졌다.

속도 편안해졌다.

"어?"

놀란 정미연이 김두찬을 쳐다봤다.

"왜요?"

김두찬은 태연하게 물었다.

"방금 두찬 씨가 안아주니까 숙취가 사라졌어."

"그래요?"

"신기하네. 나한테 무슨 짓 했어요?"

"네."

"무슨 짓?"

"안아줬어요."

"……."

정미연이 베개를 들어 김두찬의 얼굴을 밀었다.

"그게 뭐야."

"하하, 미안해요."

"근데 정말 신기해. 어떻게 숙취가 거짓말처럼 사라지지?"

"벌써 11시 넘었는데 어서 씻고 나갈 준비하죠. 점심까지 먹으려면 시간 빠듯하겠는데."

김두찬은 정미연이 더 깊은 생각을 못 하게 그녀를 재촉했다.

"나 먼저 씻을게요."

정미연은 바닥에 널브러진 붉은색 브래지어와 팬티를 들고 욕실로 향했다.

실오라기 하나 걸치지 않은 나신이 볕을 받아 빛났다.

정미연의 뒷모습을 바라보던 김두찬은 저도 모르게 피가 끓는 걸 느꼈다.

그녀의 몸은 역시 명품이었다.

적당한 키에 하얗고 깨끗한 피부, 잘록한 허리, 탄력 있는 엉덩이와 적당히 살이 붙어 쫙 뻗은 허벅지까지.

화장실로 들어서려는 정미연의 뒤를 김두찬이 따라붙었다.

"응?"

정미연이 왜 그러냐는 듯 뒤돌아보니 김두찬이 그녀의 가슴을 부드럽게 어루만지며 속삭였다.

"…저기… 씻기 전에……."

그 말에 정미연이 씩 웃으며 김두찬의 아래로 손을 뻗었다.

"하자, 자기야."

김두찬이 더 참지 못하고 정미연의 입에 자신의 입을 거칠게 포갰다.

* * *

정미연과 점심을 먹고 헤어진 김두찬은 차를 몰아 학교로 향했다.

목요일에는 강의가 극작 실기 하나였다.

1시 반부터 시작이라 여유 있게 도착할 수 있었다.

강의실에 도착한 김두찬은 그를 반기는 친구들의 머리 위에 뜬 호감도를 보며 뿌듯해했다.

같은 과 사람들의 호감도는 대부분 70 이상이었다.

그리고 장재덕과 금사빠의 대표 주자 격인 천송이는 호감도가 100이었다.

천송이는 일전에 김두찬을 홀로 좋아하다가 호감도가 100이 되었었다.

한데 그녀에게서 얻은 능력이 '실수'인지라 김두찬이 핵으로 치환해 버렸었다.

두 사람은 호감도가 100이 된 터라 진심도 수치가 파란색으로 표기되어 있었다.

장재덕의 진심도는 5, 천송이의 진심도는 2였다.

장재덕은 김두찬이 강의실에 들어서자마자 고목나무에 매미처럼 딱 달라붙어 재잘대는 중이었다.

김두찬은 그런 장재덕의 말을 적당히 받아주며 상태창을 열었다.

직접 포인트는 3,129.

간접 포인트는 0이었다.

새벽에 얻은 간접 포인트는 연기의 등급을 올리는 데 다 썼다.

직접 포인트는 조금만 더 얻으면 다른 능력치 중 하나를 S

로 만들 수 있었다.

'오늘 중으로 가능하겠네.'

이제 김두찬에게 일이백 포인트 올리는 건 어려운 일이 아니었다.

'그런데 로미가 안 왔네.'

김두찬이 주변을 두리번거리자 장재덕이 알겠다는 듯 물었다.

"로미 찾냐?"

"응? 응."

정말이지 이상한 곳에서 눈치가 빠른 녀석이었다.

"로미 오늘 못 온대. CF 촬영 있다더라."

"그래? 그새 CF를 또 찍어?"

"CF뿐만이 아니야. 회사에서 보컬 트레이너 붙여줬대. 가수로 데뷔시킬 건가 봐."

"아… 하긴."

김두찬이 주로미에게서 얻은 능력은 노래였다.

그 말인즉 주로미의 가장 뛰어난 능력이 노래라는 것이다.

그러니 주로미가 가수로 데뷔한다고 해서 이상할 게 전혀 없었다.

노래를 잘하는데 비주얼까지 받쳐주면 금상첨화다.

"그런데 너는 그런 걸 어떻게 다 알아?"

"난 네가 모르는 게 더 이상한데? 너는 로미랑 연락 자주 안 해? 나는 엄청 자주 하는데."

"그래?"

"물론 주로미가 나한테 먼저 연락한 적은 없지만."

또다시 스스로 팩트 자학을 해버린 장재덕이 급격히 시무룩해졌다.

그때 교수가 강의실로 들어왔다.

극작 실기를 가르치는 교수는 30대 중반의 여성으로 이름은 어효은이었다.

1학기 때 시나리오 작법을 가르쳤던 구모니카만큼은 아니었으나 어효은도 제법 예쁜 외모로 남학생들에게 인기가 상당했다.

김두찬이 그녀의 호감도를 살폈다.

그리고 깜짝 놀랐다.

'93?'

김두찬을 향한 어효은의 호감도는 무려 93이었다.

"안녕하세요. 일주일 동안 잘 지냈어요? 오늘 내 강의 들으면 삼 일 연짱 쉬겠네. 꿀 같은 휴일 생각하면서 기운차게 시작해 볼게요."

어효은이 미소와 함께 강의를 시작했다.

김두찬은 그런 어효은을 보며 고개를 갸웃거렸다.

'의외네. 나한테 크게 관심 없는 줄 알았는데.'

어효은은 김두찬에게 이렇다 할 표현을 한 적이 한 번도 없었다.

그럼에도 호감도가 93이라는 것은 두 가지 경우 중 하나다.

남모르게 김두찬을 예뻐하고 있거나, 학생들 모두를 예뻐하거나.

김두찬이 그런 생각을 하고 있자니 로나가 즐겁게 말했다.

─이제는 제가 따로 설명해 주지 않아도 잘 판단하시네요?

'서당 개 삼 년이면 풍월을 읊는다잖아.'

─스스로를 개로 비유한 건가요?

'…그런 게 아니라는 걸 잘 알고 있을 텐데?'

─그럼 여기서 문제. 어효은은 모든 학생을 공평하게 좋아하는 걸까요? 아님 두찬 님을 남모르게 더 예뻐했던 걸까요?

'전자 아닐까?'

─정말 눈치가 꽝이시네요.

'어째서?'

─어효은의 시선이 학생들을 전체적으로 훑는 것 같지만, 두찬 님의 얼굴에서 미세하게 조금 더 머물다 가는 걸 모르시겠어요?

'…그런 걸 알 수 있을 리가.'

─그러므로 어효은은 두찬 님을 더 예뻐하고 있었다가 정

답이랍니다.

'아무것도 한 게 없는데 왜 날 좋아하지? 개인적으로 어떤 커뮤니케이션이 오고 간 적도 없고 말이야.'

─천송이 사건을 상기하세요. 두찬 님이 그냥 어효은의 이상형인 거랍니다. 어쩌면 어효은 님은 두찬 님을 이성으로 바라보고 있을지도 모르죠.

'설마. 약혼자가 있는 걸로 아는데.'

어효은은 강의 시간에 애인이 있냐는 학생들의 짓궂은 질문에 약혼자가 있다고 말을 했었다.

─두찬 님의 미모는 약혼자가 있는 여인의 가슴까지 뒤흔들어 버린 것이랍니다. 하지만 두찬 님께서 어효은 님을 이성으로 먼저 대하지 않는다면 일이 이상한 쪽으로 진행되지는 않을 테니 걱정하지 않아도 된답니다.

'그나마 다행이네.'

김두찬이 내심 안도했다.

치정 같은 일로 누군가와 얽히기는 싫었다.

김두찬은 짧았던 잡생각을 털어내고서 어효은의 강의에 집중했다.

그런데 강의가 거의 끝나갈 때쯤, 채소다에게서 메시지가 왔다.

─두찬아! 지금 학교야? 나 작업실에서 게임 중인데 길드 사람들 지금

난리 났어!

그에 김두찬이 빠르게 답장을 보냈다.

—작업실에서는 되도록 게임하지 말고 작업을 하세요.

—그럼 컴퓨터를 후진 걸로 갖다 놓았어야지. 이건 뭐, 고양이한테 생선 내밀고서 먹지 말라고 하는 거랑 진배없다는.

채소다는 김두찬이 즐겨하는 온라인 게임 '영웅부활전'의 미러클 길드, 길드원이다.

그녀는 아무리 바빠도 일주일에 서너 번은 게임에 접속해 길드원들과 소통을 하고 게임을 즐긴다.

김두찬은 몇 달 동안 바빠서 게임을 통 하지 못했었다.

—아무튼 길드가 왜 난리 났다는 거예요?

김두찬의 메시지에 빠르게 답장이 날아들었다.

그런데 채소다의 답장을 확인한 김두찬의 눈이 크게 떠졌다.

—이율 오빠가 사라졌어!

정이율.

미러클 길드의 길드장이자 정신적 지주 같은 역할을 하는 사람이 바로 그였다.

잘생기고, 성격 좋은 데다가 주식으로 많은 돈을 벌고 있는 청년이기도 했다.

그리고 김두찬에게 깊은 호감을 표현했었다.

자신의 집에 어지간해서는 사람을 데려오지 않는 그였다.

한데 김두찬은 데리고 가서 하룻밤을 재워주었었다.

물론, 그것이 호감도 시스템으로 인해 벌어진 일이긴 했다. 그럼에도 김두찬은 정이율에게 따스한 사람의 온정을 느꼈다.

그는 겸손하고 친절하며, 상냥한 사람이었다.

길드 정모를 한 이후 둘 사이의 교류는 전혀 없었다.

김두찬도 바빴고 정이율은 친절한 반면 먼저 연락을 하지 않는 타입이었다.

김두찬이 게임을 즐겼더라면 온라인상에서나마 안부를 물었을 것이다.

하지만 김두찬에게 그럴 여유는 존재치 않았다.

아무튼 길드에 큰일이 났다고 하기에, 공성전에서 패배했겠거니 정도로 생각했었다.

그런데 정이율이 사라졌다니?

그는 길드장인 만큼 책임감 없이 길드원들과 연락을 끊거나 하지 않는다.

길드장의 부재는 곧, 길드의 파멸로 직결되는 것이나 다름없기 때문이다.

만약 피치 못할 사정으로 자리를 좀 비워야 한다면 사전에 공지를 해줘야 하는 게 도리였다.

그때, 마침 강의가 끝났다.

어효은이 인사를 하고 나가자마자 김두찬은 채소다에게 전화를 걸었다.

—두찬아! 어떻게 하지? 나 지금 너무 놀라서 고기 먹고 있어!

"네? 이 판국에 무슨 고기예요?"

—안 그러면 심신이 진정 안 돼서 기절할 것 같아.

채소다에게는 고기가 안정제이자 기쁨 증폭제였다.

다른 사람의 말이었다면 헛소리 지껄이지 말라고 화를 내도 모자랐겠지만 채소다라서 수긍이 됐다.

"근데 이율이 형이 사라졌다는 게 정확히 무슨 말이에요? 단순히 게임에 며칠 접속 안 했다고 그러는 건 아닐 거고."

—처음에는 그렇게 생각했지. 그런데 보름이 지나도 접속을 안 하잖아. 무슨 일 있나 싶어서 나도 그렇고 다른 길드원들도 개인적으로 연락을 했거든? 그런데 메시지는 씹고 전화도 안 받아. 어쩌지, 두찬아? 어떡해? 경찰에 고소할까?

"고소가 아니라 신고겠죠."

—사소한 거는 그냥 넘어가!

스마트폰 너머로 채소다의 씩씩거리는 콧김이 들려왔다.

"누나! 누나. 일단 진정해요."

김두찬이 가방을 챙겨 서둘러 강의실을 나서며 계속 말했다.

"저 지금 강의 끝나서 나가는 중이에요."

—두찬아! 우리 중에서 이율 오빠네 집 아는 사람 너뿐이잖아. 네가 좀 가봐. 무슨 일 있는지 보고, 혹시라도 이율 오빠가 사라진 거라면 어떡해서든 찾아내서 처리해!

"네? 뭘 처리하라는 건데요?"

—사람 속 태운 죗값을 받아야 돼, 그 오빠! 히이잉, 걱정돼 죽겠네, 진짜.

그사이 김두찬은 바람처럼 달려 캠퍼스를 가로지르고 있었다.

"누나, 제가 되도록 빨리 이율이 형네 집으로 찾아갈게요. 바로 연락드릴 테니까 조금만 기다려요!"

—히잉. 알았어, 두찬아. 부탁할게.

통화를 끝내는 시점에, 누군가 다급히 달려가는 김두찬을 불렀다.

"두찬아!"

"어?"

김두찬이 급브레이크를 밟듯 멈춰 서서 자신을 부른 이를 바라봤다.

주로미였다.

"로미야? 너 오늘 CF 촬영 있다고 하지 않았어?"

"어떻게 알았어?"

"재덕이한테 들었지."

"촬영 연기돼서 노래 강습만 받고 오는 길이야. 장혁우 교수님이 좀 보자고 하셔서."

"그렇구나."

장혁우 교수는 주로미의 소속사 무하 엔터테인먼트의 명예 사장이다.

그가 주로미를 따로 보는 건 전혀 이상한 일이 아니었다.

"아무튼 로미야, 나 바쁜 일이 있어서 어딜 좀 가보던 길이었거든. 나중에 보자!"

"어? 여전히 바쁘구나. 그래, 나중에 봐."

주로미와 작별을 하는 순간 김두찬은 뒤늦게 그녀의 진심도를 확인했다.

'9.'

주로미의 진심도는 무려 9나 됐다.

그만큼 주로미는 김두찬을 이성 그 이상의 믿음직하고 경외감이 드는 존재로 인식하고 있었다.

이제는 김두찬에 대한 마음도 정리가 됐고, 홍근원과 사랑의 꽃을 피워가고 있는 그녀였다.

그럼에도 김두찬을 보면 볼수록 사람으로의 정감이 커져만 갔다.

예전엔 가슴이 아팠던 자리를 지금은 이유 모를 든든함이 가득 채우고 있었다.

주로미는 교문을 나서는 김두찬의 뒷모습을 바라봤다.

교문 앞에는 검은색 밴이 미리 와서 김두찬을 기다리고 있었다.

김두찬은 과거의 김두찬과 많이 달라졌다.

대박 작가라는 별명이 명함처럼 그를 따라다녔다.

미모로도 유명했다.

이제는 그의 책이 해외에서도 팔리고 국내에서는 영화화되고 있다.

그럼에도 김두찬 본인은 거만해지거나 나태해지지 않았다.

오히려 더더욱 초심을 잃지 않으려 노력한다는 것이 말을 많이 섞지 않아도 느껴졌다.

그런 김두찬을 주로미는 진심으로 존경하고 있었다.

'언제나 응원하고 있어, 두찬아!'

속으로 김두찬에게 힘을 보내주는 순간.

주로미의 진심도가 10이 되었다.

김두찬은 이를 모른 채 밴의 뒷좌석에 올라타자마자 장대찬에게 다급히 말했다.

"장 매니저님! 홍대 성우 오피스텔로 가주세요!"

"네!"

장대찬은 김두찬의 다급한 음성을 듣자마자 바로 차를 몰며 내비게이션을 조작했다.

능숙하게 목적지를 입력한 장대찬은 내비게이션의 안내에 따라 빠르게 질주했다.

그때였다.

떠나는 밴을 따라잡아 안으로 들어온 파란빛 무리가 김두찬의 몸 안으로 스며들었다.

이윽고 시스템 메시지가 나타났다.

[진심도를 1포인트 얻었습니다. 직접 포인트 100이 적립됩니다.]

[진심도 포인트가 10이 되었습니다. 특전으로 증강핵 하나를 얻게 됩니다.]

'어? 설마!'

김두찬이 밴의 창문 너머로 저 멀리 점처럼 보이는 주로미의 모습을 확인했다.

일반인의 눈에는 보일 리 없지만 초월 시각을 가진 김두찬의 눈엔 주로미의 머리 위에 뜬 수치들이 정확히 보였다.

그녀의 진심도는 10이었다.

김두찬이 딱히 뭘 한 것도 없는데, 1이 더 올라 버린 것이다.

덕분에 증강핵 하나를 얻게 되었다.

'고마워, 로미야.'

김두찬은 증강핵을 당장 어딘가에 투자하기보다는 조금 아껴두기로 했다.

지금은 상황이 하도 급박해서 효율적인 판단이 되지 않을 것 같았다.

밴은 김두찬의 마음을 대변하듯 빠르게 도로를 질주했다.

*　　　*　　　*

김두찬은 과거의 기억을 떠올려 정이율의 집 호수를 알아냈다.

'1102호.'

엘리베이터를 타고 11층에서 내렸다.

그리고 1102호 문 앞에 선 김두찬이 급하게 벨을 눌렀다.

띵동—!

하지만 안에서는 아무런 인기척이 느껴지지 않았다.

김두찬이 다시 한번 벨을 눌렀다.

띵동—!

여전히 묵묵부답.

쾅쾅쾅!

이에 문을 두들기며 소리쳤다.

"이율이 형! 안에 있어요? 저 두찬이예요!"

김두찬이 문에 귀를 바짝 댔다.

그러자, 안에서 무언가 켁켁대는 것 같은 소리가 들려왔다.

'있다!'

김두찬이 문손잡이를 잡아 돌렸다.

하지만 열리지 않았다.

"이율이 형! 문 좀 열어주세요!"

쾅쾅쾅쾅!

다시 문을 두들겼지만, 문은 열리지 않았다.

인기척은 있는데 문이 열리지 않는다?

정이율에게 문제가 생긴 게 틀림없었다.

김두찬은 우선 119에 신고를 한 뒤, 다시 문을 두들겼다.

그리고 문에 귀를 갖다 댔다.

여전히 켁켁거리는 소리만 들려왔다.

'기다릴 수 없어.'

안에서 무슨 일이 벌어지고 있는지도 모르는데 구조 대원들이 오기만을 기다리기는 힘들었다.

그러나 정이율이 돌이킬 수 없는 상황에 처해 버린다면 김두찬은 평생 이 순간을 떠올리며 죄책감에 살아갈지도 모르는 일이다.

'이런 오피스텔에 마스터키 같은 걸 경비실에서 가지고 있을 리도 없고.'

결국 김두찬은 힘으로 해결하기로 마음먹었다.

어차피 구조 대원들이 와도 문을 열 방법이 없으면 그냥 뜯어내 버린다.

현재 김두찬의 악력은 B랭크.

어지간한 인간의 힘을 초월한 수준이었다.

철제문은 도어록으로 잠겨 있어서, 손잡이만 뜯어내는 것으로는 해결할 수가 없었다.

김두찬이 문 자체를 잡고 그대로 뜯어내려 했다.

하지만.

'안 돼.'

아무리 악력의 랭크가 높다고 해도 그건 무리였다.

이걸 어떻게 해야 하는지 김두찬이 고민하고 있을 때였다.

띠리리—

"어?"

도어록이 잠금 해제되는 소리가 들리고 쿵! 하는 충격음이 울렸다.

김두찬은 상황을 파악하고 도어록이 다시 잠기기 전에 손잡이를 돌려 문을 열었다.

그러자 문 앞에 게거품을 물고서 쓰러진 정이율의 모습이 보였다.

"이율이 형!"

김두찬은 정이율을 품에 안았다.

그의 시선이 방 안으로 향했다.

바닥의 한편에 뭔지 모를 약통이 놓여 있었다.

'설마… 약으로 자살 기도한 거야?'

이상했다.

김두찬이 아는 정이율은 절대 그런 짓을 할 인물이 아니다.

그런데 대체 왜?

의문이 들었지만 지금은 그것을 해결하는 것보다 정이율을 살리는 게 우선이었다.

정이율의 안색은 시퍼렇게 변해 좋지 않았다.

게거품은 계속해서 맺혔다.

숨은 껄떡거리며 넘어가기 직전이었다.

심장 박동도 이상한 것이 그대로 두었다가는 당장에라도 죽어버릴 것 같았다.

이미 눈에는 흰자밖에 보이지 않았다.

그의 몸이 격하게 떨리는가 싶더니 목이 뒤로 꺾이고 몸이 딱딱하게 경직되기 시작했다.

누가 봐도 위험한 상황이었다.

당장 정이율을 치료하지 않으면 어찌 될지 몰랐다.

그런 상태에서도 정이율은 밖에서 김두찬이 부르자 필사적으로 다가와 도어록을 해제한 것이다.

그것은 정이율이 살고자 한다는 것과 다름없었다.

—위험하네요.

로나 역시 한마디를 거들었다.

'로나, 어쩌지? 이율이 형을 살릴 방법이 없어!'

—있어요.

'있다고?'

—이건 조금 반칙이지만 사람의 목숨이 걸린 일이니 월권 좀 할게요. 두찬 님께서 아직 S랭크로 올리지 않은 A랭크의 능력 중 정이율을 살릴 수 있는 것이 존재한답니다.

그 말에 김두찬은 당장 상태창을 띄웠다.

그리고 A랭크인 능력들을 살펴보던 중, 치료라는 항목이 눈에 확 들어왔다.

'저거다!'

김두찬의 직접 포인트는 현재 3,328이 누적되어 있었다.

그가 3,200 직접 포인트를 치료에 투자했다.

그러자 시스템 메시지가 나타났다.

[치료의 랭크가 S로 업그레이드됐습니다. 랭크 업 특전이 주어집니다. 정화의 손을 얻었습니다.]

'정화의 손?'

김두찬이 정화의 손을 자세히 살폈다.

[정화의 손─액티브 스킬. 한 달에 한 번, 치유의 능력을 타인에게 사용할 수 있습니다. 치유를 원하는 이와 접촉해서 의지를 일으키면 사용 가능합니다. 이 스킬은 매월 1일에 리셋됩니다.]

'됐어.'

김두찬이 얻은 치유의 능력은 모든 상처와 질병을 치료해 주고, 중독 상태까지 해결해 주는 힘으로 자기 자신에게만 사용 가능했다.

그런데 S랭크의 특전으로 그 힘을 타인에게도 사용 가능하게 됐다.

─능력을 바로 사용하세요. 이미 죽음의 문턱에 다다른 이에게는 아무런 효력도 발휘 못 한답니다.

로나의 재촉에 김두찬은 당장 정이율에게 정화의 손을 사용했다.

그러자 김두찬의 전신에서 흘러나온 기이한 기운이 정이율의 육신으로 흘러들어 갔다.

'이율이 형! 제발, 제발 살아줘!'

김두찬이 속으로 간절히 염원했다.

하지만 그럼에도 정이율의 상태는 호전되지 않았다.

'설마 늦은 건가?'

김두찬이 불안함에 아랫입술을 꽉 깨무는 그 순간.

"쿨럭! 컥!"

정이율이 밭은기침을 내뱉었다.

그러더니 피를 한 움큼 토해내고서는 가쁜 숨을 몰아쉬었다.

"하아! 하아! 하아!"

"형! 정신이 들어요?"

정이율의 돌아갔던 눈동자가 스르르 제자리를 찾았다.

경직되던 몸은 서서히 풀렸다.

꺽떡거리며 넘어가던 숨도 거칠지만 제대로 들이마시고 내뱉었다.

하지만 정신은 아직 혼미했다.

김두찬을 보면서도 그가 누구인지 쉽게 분간이 되지 않았다.

"이율이 형!"

김두찬이 다시 한번 정이율을 불렀다.

그제야 정이율의 정신이 조금 또렷해졌다.

"누구……?"

"정신이 들어요? 저 두찬이에요!"

"두찬… 이?"

"네!"

이름을 듣고 나서야 비로소 눈앞의 사람이 누구인지 제대로 인식됐다.

김두찬.

미러클 길드의 동생.

첫 만남부터 이상하게 정이 많이 갔던 동생.

"두찬아… 너… 어떻게……?"

"형이야말로 어떻게 된 거예요?"

김두찬은 질문을 던지고서는 바로 고개를 휘휘 저었다.

"아니, 그 얘기는 나중에 해요. 그것보다 몸은 좀 어떤 것 같아요?"

"내가 지금… 살아 있는 게 맞니?"

"네."

살아 있긴 했다.

하지만 몰골이 말이 아니었다.

한동안 뭘 먹지 못했는지 피골이 상접한 데다 얼굴엔 생기가 전혀 없었다.

약으로 죽어가던 걸 살렸다고 해도, 병원에서 제대로 된 진료를 받을 필요가 있어 보였다.

"후우… 정말 죽는다고 생각했는데……."

"형, 죽고 싶지 않았잖아요. 그랬다면 그렇게 필사적으로 문을 열어주지도 않았을 거예요."

"……."

김두찬의 말이 맞았다.

죽을 작정으로 약을 먹었지만, 정말 죽음의 문턱에 서게 되니 다시 살고 싶어지는 걸 느꼈다.

김두찬의 품에 안긴 정이율의 눈에서 눈물이 주르륵 흘러내렸다.

죽었다가 살아난 입장이니 그럴 만도 했다.

정이율은 눈을 지그시 감고 읊조렸다.

"차라리 죽는 게 더 나았을지도 몰라, 두찬아."

"그런 말이 어디 있어요, 형!"

김두찬이 아는 정이율은 이렇게 약한 사람이 아니었다.

그런데 왜 이다지도 심신이 망가져 버린 건지 모를 일이었다.

정이율을 어떻게든 도움을 주고 싶었다.

김두찬은 그에게 정신적으로 많은 위안을 받고 내면의 성장을 이룬 적이 있었다.

그 은혜를 갚아야 했다.

"형, 곧 구급차 올 거예요. 같이 병원 가서 진료받고 일단 좀 쉬도록 해요."

그렇게 말하는 김두찬의 손을 정이율이 꼭 잡았다.

뼈만 남아 마른 나뭇가지처럼 앙상한 손가락 하나하나가
너무 애잔했다.

"두찬아… 너는 나처럼 되지 말아라. 항상 경계해야 돼. 세
상이라는 게 조금만 방심하면 나락으로 떨어지는 곳이야. 나
쁜 사람들이 참 많아. 조심하고 경계하면서 살아도 어떻게든
빈틈을 노려서 낭떠러지 밑으로 떠미는 인간들이 너무 많다,
두찬아."

대체 정이율에게 무슨 일이 있었던 건지 궁금했다.

하지만 지금은 그런 것보다 정이율의 심신을 안정시키는 것
이 우선이었다.

때마침 여러 사람의 다급한 발소리가 들려왔다.

구급 대원분들이겠거니 생각한 김두찬이 정이율을 바닥에
내려놓고 몸을 일으켰다.

저쪽 복도에서 세 명의 건장한 남자가 다가오고 있었다.

그런데 구급 대원이 아니었다.

정장에 구두를 신고 있는 차림새로 출동을 할 리는 없으니
말이다.

김두찬은 머쓱해져서 길을 비켜주었다.

한데 그들은 정이율의 집 앞에 멈춰 섰다.

세 사람을 마주한 순간 정이율의 몸이 사시나무 떨리듯 떨려왔다.

김두찬의 뇌리로 안 좋은 예감이 스쳐 지나갔다.

정장을 입은 세 사람 중 가장 키가 큰 남자, 고지만이 김두찬에게 물었다.

"누구세요?"

"그러는 당신들은 누구십니까?"

김두찬이 되물었다.

고지만이 피식 웃으면서 대답했다.

"비즈니스적인 문제로 이율 씨랑 알고 지내는 사람들인데… 그쪽도 비즈니스 때문에 찾아왔나?"

그때 정이율이 다 눌린 목소리로 겨우겨우 김두찬에게 말했다.

"그, 그냥 가세요."

"응? 그냥 가라는 거 우리한테 한 말이에요?"

고지만은 고개를 삐딱하게 꺾고서 정이율을 쳐다봤다.

정이율이 다시 힘겨운 음성을 흘렸다.

"말고요."

"그럼 여기 이 잘생긴 분한테 한 말?"

"11층 사는 분인데 지나가다 본 거예요. 학생, 그냥 가세요, 빨리."

정이율은 김두찬을 남인 척 대하며 그냥 가라 말하고 있었다.

김두찬이 그들과 엮이지 않게 하기 위해 연기를 하는 것이다.

"그래요. 괜히 얼쩡거리다가 똥물 튀지 마시고, 가보세요."

툭 던지듯 말한 고지만이 정이율 앞에 서서 허리를 숙였다.

"그런데 우리 고객님 얼굴 많이 상했네. 안에서 뭐 하고 지냈어요? 그렇게 문 두들기고 악을 써도 나오지를 않더니. 안에 틀어박혀서 지낸 게 두 달 정도 됐나? 맞지, 망치야."

고지만의 뒤에 서 있던 두 덩치 중 망치라고 불린 고릴라 상의 남자가 대답했다.

"그 정도 됐습니다."

"집에 먹을 게 없었는가 봐요. 우리 쳐들어올까 봐 배달도 못 시켰을 텐데."

고지만의 말이 맞았다.

정이율은 고지만 일행이 들이닥칠 것이 겁나 집에 먹을 것이 떨어졌는데도 뭘 배달시킬 수가 없었다.

두 달 전, 마지막으로 외출을 감행했을 때 사온 것이라고는 인스턴트 식품 한가득과 최후의 순간을 대비한 살서제(쥐약)가 전부였다.

혼자 사는 남자들이 으레 그렇듯 원체 집에서 요리를 해먹지 않는 정이율이었다.

대부분 배달 음식으로 끼니를 때웠다.

해서 요리 재료라고는 전무했다.

때문에 인스턴트 식품으로 한 끼 한 끼를 때웠다.

하지만 아껴 먹었음에도 한 달 보름 만에 먹을거리가 전부 떨어졌다.

이후로 보름 동안 거의 굶다시피 하던 와중, 심약해진 정이율은 결국 자살 기도를 해버린 것이다.

만약 그대로 있었으면 백 퍼센트 죽었을 상황이었다.

한데 기막힌 타이밍에 김두찬이 도착해서 목숨을 구할 수 있었다.

그러나 어쩌면 그에게는 현실이 더 지옥 같을지도 모를 일이었다.

"어휴, 몰골이 이래서 뭐 팔 수 있는 거나 있을지 모르겠네. 일단 같이 갑시다."

고지만의 말에 망치와 그 옆에 서 있던 더벅머리 사내, 일명 뱁새가 정이율에게 다가왔다.

망치와 뱁새는 정이율을 잡아 일으키려 했다.

그때.

턱.

김두찬이 두 사람이 손을 가볍게 쳐서 걷어내고 정이율의 앞을 가로막았다.

"뭡니까?"

고지만이 언짢은 기분을 목소리에 담았다.

"괜히 똥물 튀긴다니까요. 가던 길 가세요. 정의가 밥 먹여 주는 거 아니에요. 밥숟가락 놓게 될 수도 있어요."

다분히 공격적인 말이었다.

하지만 김두찬은 그런 협박에 물러서지 않았다.

"지나가던 사람 아니고, 이율이 형 아는 사람인데요."

"아는 사람? 그럼 이율 씨가 연기한 거야? 상 줘야 되겠네. 연기 엄청 잘하시네요, 고객님."

"무슨 일로 이러시는 건지 이유나 좀 알았으면 좋겠는데요."

"알아서 좋을 일 없을 건데……."

그렇게 말하던 고지만의 눈썹이 씰룩였다.

'가만, 어디서 많이 본 얼굴인데.'

고지만이 기억 회로를 바쁘게 뒤졌다.

사실 고지만은 김두찬을 처음 보는 순간 적잖이 놀랐다.

이렇게까지 잘생긴 사람은 여태 만나본 적이 없었기 때문이다.

어지간한 연예인은 나서지도 못할 정도였다.

그렇게 몇 번 보다 보니 그 얼굴이 대단히 낯익었다.

고지만이 눈을 몇 번 끔뻑거리고서는 드디어 기억해 냈다.

"혹시… 김두찬 작가님?"

"……."

갑자기 자신을 알아보는 고지만의 행동에 김두찬은 어떠한 액션도 취하지 않았다.

하지만 고지만은 그것을 긍정으로 받아들였다.

"맞네요. 내가 어디서 봤나 했더니 인터넷 뉴스에서도 보고, 텔레비전에서도 보고 그랬었네요. 일단 반갑습니다."

고지만이 손을 내밀어 악수를 청했다.

하지만 김두찬은 그 손을 잡지 않았다.

딱 봐도 질이 나쁜 인간들이었다.

그런 이들에게 베풀 친절 같은 건 없었다.

"아이고, 손 무안하네. 근데 우리 작가님이랑 여기 쓰러져 계신 우리 고객님이랑 아는 사이였어요?"

"그런데요?"

"잘됐네. 이율 씨! 하늘이 도왔어요. 까딱 잘못했으면 수술대 누울 뻔했잖아요. 뭐… 하도 상해서 꺼내다 팔 거나 있었을까 싶지만."

'장기를 팔려고 해?'

김두찬은 정이율이 얼마나 더러운 인간들에게 걸린 건지 그제야 알 수 있었다.

'이율이 형이 어쩌다가.'

대체 어찌 된 영문인지 궁금해할 때, 고지만이 김두찬에게 사정을 설명했다.

"작가님 들어봐요. 우리들 대부업 하는 사람들입니다. 흔히 말해서 사채예요. 그리고 이율 고객님은 주식 하는 양반이고. 직장? 없죠. 프리랜서니까. 이 정도만 썰 풀어도 어떤 상황인지 충분히 짐작되죠?"

충분하고도 남을 정도로 상황을 이해할 수 있었다.

'이율이 형이… 주식으로 돈을 탕진했다고?'

정이율은 7년 동안 주식을 공부해 온 사람이다.

그 노력과 지식을 바탕으로 안정적인 투자를 하고 있는 것 같았다.

비록 주식으로 떼돈을 번 것은 아닐 테지만, 조금씩 자산을 불려 나가고 있는 듯한 느낌이었다.

그런데 그런 정이율이 사채까지 손을 댈 정도였다면 무일푼이 되었다는 말이나 다름없었다.

김두찬이 이해할 수 없다는 시선을 정이율에게 던졌다.

그러자 고지만이 피식 웃었다.

"사람 그렇게 보지 말아요, 작가님. 혹시 작전주라는 것 아세요?"

알고 있다.

김두찬은 요즘도 시간이 날 때마다 도서관을 찾는다.

그리고 여러 종류의 책을 단숨에 기억한 뒤 지력의 능력을 활성화시켜 자신의 지식으로 습득한다.

주식 관련된 부분도 그 많은 지식 중 한 카테고리 안에 담겨 있었다.

작전주.

증권 브로커와 큰손이 주가 되어 대주주들과 공모해서 주가를 조작하는 행위를 말한다.

이를 통해 그들은 커다란 이익을 얻는다.

하지만 그들의 작전에 말려든 다른 투자자들은 상대적으로 큰돈을 잃게 된다.

정이율은 거기에 당한 것이다.

"주식 하다가 망해서 돈 빌리러 오는 사람들 삼분지 이 이상이 다 작전주에 당한 사람들이거든요. 왜? 이율 고객님은 그럴 사람이 아닌 것 같아요? 주식이라는 게 말이에요. 신기루 같은 거예요. 나는 절대 바보 같은 짓 안 할 것 같은데도 저 멀리 황금이 보이는 것 같으면 발을 들여놓게 되거든. 그런데 가까이 다가가 보면 황금 대신 개미지옥이 발목 잡고 끌어당기지. 나도 주식 해본 놈이라 잘 압니다."

고지만의 말을 들으면서도 김두찬의 시선은 정이율에게 고정되어 있었다.

정이율은 아무 말 없이 입술만 깨물었다.

그것은 무언의 긍정이었다.

"뭐 주식으로 대부호가 된 것도 아니고 이제 막 커가는 입장에서는 그런 실수하기가 더 쉽거든요. 이율 씨처럼."

이후로 이어진 고지만의 말은 이랬다.

정이율이 돈을 빌려간 것은 다섯 달 전이다.

상당한 거액의 돈을 빌려갔음에도 그는 그다음 달부터 원금은커녕 이자도 갚지 못했다고 한다.

빌려간 돈을 다시 주식에 투자해 말아먹은 것이다.

'이율이 형은 그렇게 둔한 사람이었나?'

김두찬은 의문이 들었다.

고지만의 얘기가 사실이라 해도 이건 조금 이상했다.

분명히 정이율을 홀리게 만든 복잡한 무언가가 있는 것 같았다.

"원금이 오천만 원에 복리로 이자가 붙어서 총 갚아야 할 돈이 칠천이 조금 넘어요."

그 말에 김두찬이 눈을 부릅떴다.

"오천을 빌렸는데 어떻게 이자가 다섯 달 동안 이천이나 붙습니까?"

"우리는 그렇게 계산해요. 사전에 이율 고객님한테도 말씀드렸고요. 계약서랑 각서 전부 있습니다. 그런데… 이율 씨가 첫 달부터 돈을 못 갚았죠. 주식으로 또 날린 거지. 게다가

이 오피스텔은 월세고, 유일한 혈육인 어머니는 돌아가셨고. 어떡합니까. 우리도 빌려준 돈은 회수해야 하니까 최후의 수단을 쓰려 했던 건데, 때마침 돈 잘 버는 작가님께서 나타나셨네요."

김두찬을 바라보는 고지만의 눈이 탐욕으로 번들거렸다.

"이 돈 대신 갚아주시면 일 커지지 않을 텐데, 어떻게 하시겠어요?"

그러자 정이율이 버럭 소리쳤다.

"두찬아! 그냥 가!"

"이율 씨, 지금 여기가 바닥인 것 같죠? 인생 내리막길 그렇게 빨리 끝나지 않아요. 무리하시다가 땅 파고 지하까지 들어갑니다."

그때, 멀리서 다급한 발소리가 들려왔다.

신고를 받은 구급 대원들이 출동한 것이다.

"어이고, 훌륭한 분들 오시네. 그럼 고생하시고, 연락 주세요."

고지만이 김두찬의 곁을 지나치며 명함 한 장을 꺼내 주머니에 찔러 넣었다.

그런 고지만의 뒤를 망치와 뱁새가 따라 움직였다.

구급 대원들은 정이율을 안전, 신속하게 오피스텔 밖으로 운반해 차에 실었다.

김두찬이 함께 차에 올라타 고지만이 준 명함을 꺼내 들었다.

그러고는 잠시 생각에 잠기더니 또 다른 명함 한 장을 꺼냈다.

그 명함엔 '정지호'라는 이름 석 자가 또렷이 박혀 있었다.

1인용 병실.

정이율은 병원 침대에 누워 눈을 감고 있었다.

하지만 잠이 든 건 아니었다.

그런 정이율의 옆엔 김두찬이 함께였다.

김두찬은 소파에 앉아 정이율의 얼굴을 가만히 바라보았다.

'일이 이런 식으로 흘러갈 줄이야.'

사실 김두찬은 정이율에게 먼저 연락을 할 참이었다.

오늘이 됐든, 내일이 됐든.

한동안 그의 존재를 잊고 지냈으나, 이번엔 연락해야 할 일이 생겼기 때문이다.

그 계기를 만들어준 건 정태조와 정지호였다.

정확히는 정지호에게 상상 공유를 사용하며 정이율을 찾아봐야겠다 마음먹었다.

상상 공유는 상대방의 의식을 보는 힘이다.

그렇다고 대상의 모든 의식을 전부 들여다볼 수 있는 건 아니다.

당시 대상이 가장 크게 생각하고 있는 것을 주로 보게 된
다.

김두찬은 정태조의 의식 안에서 정지호를 보지 못했다.

오로지 정태조의 연인과 그의 자식, 그리고 무명 시절의 고
난에 대해서만 볼 수 있었다.

하지만 정지호의 의식 안에서 정태조와 또 다른 한 사람을
봤다.

그는 다름 아닌 정이율이었다.

'어쩐지 정태조를 처음 봤을 때부터 낯설지가 않더라니.'

김두찬은 정미연과 촬영장에서 돌아오는 길에, 이런 대화를
나눴었다.

"정 배우님이요. 처음 볼 때부터 살짝 느꼈던 건데 얼굴이 낯설
지가 않아서요."

"그거야 당연한 거 아닐까? 스크린에서 심심찮게 봤을 테니까."

"그래서 그런가."

"그렇겠죠."

당시에는 그런가 보다 하고 넘겼었다.

한데 지금에 와서 생각해 보면 김두찬은 정태조의 얼굴에

서 정이율을 봤던 것이다.

부분부분이 정확하게 닮았다고 할 수는 없었지만, 묘하게 비슷한 구석이 있었다.

그렇게 생각해 보면 정이율의 타고난 미색에는 이유가 있었던 것이다.

아무튼 참 재미있는 인연이었다.

김두찬도 사람의 인연이라는 것이 이런 식으로 이어질 줄은 몰랐다.

─세상은 생각하는 것보다 더욱 좁답니다.

로나가 불쑥 말을 걸었다.

'그런 것 같아, 로나.'

─특히 한번 깊은 인연을 만든 사람은 그 인연이 계속해서 잔가지를 쳐나가게 되는 법이죠. 지금처럼요.

생각해 보면 그랬다.

인생 역전에 접속하고 난 뒤, 김두찬은 전보다 더 활동적인 사람이 됐다.

그러면서 많은 인연을 만들었고, 그 인연은 계속해서 새로운 인연을 불러들였다.

그러다 보면 새로운 인연과 과거의 인연 사이에 두터운 연결 고리들이 이어져 있는 경우도 심심찮게 많았다.

"두찬아."

조용하던 병실에 정이율의 목소리가 나직이 깔렸다.

"네, 형."

정이율은 여전히 눈을 감고 있었다.

차마 눈을 뜰 수 없는 것인지, 눈을 뜨는 것조차 힘든 것인지는 본인 스스로도 알 수 없었다.

"작전주 아니야."

"네?"

"내가 이렇게 된 거… 작전주 때문이 아니라고."

"그럼… 뭔데요? 이유가 뭐예요?"

정이율은 잠시 말이 없었다.

둘 사이에 무거운 침묵이 내려앉았다.

자신의 얘기를 해야 하나 이율은 망설이고 있었다.

그러다 그의 눈이 스르르 떠졌다.

김두찬은 그런 정이율과 눈을 맞추고서 물었다.

"형, 저 잘 보여요?"

"응. 잘 보여. 고맙다, 두찬아. 네 덕에 살았어."

정이율은 하려던 이야기 대신 김두찬에게 고마운 마음을 전했다.

김두찬도 무슨 일이 있었던 거냐 재촉해 묻지 않았다.

"형이 살려는 의지가 있었으니까 살아난 거죠."

"근데… 이상하게 속이 편해. 위세척한 것만으로 이렇게 상태가 멀쩡해질 수 있는 거야?"

"쥐야 먹어본 적이 없으니 저야 모르죠."

김두찬의 말에 정이율은 멋쩍어져서 말을 돌렸다.

"우리… 몇 달 만에 만나는 건데 이런 모습 보여줘서 미안해, 두찬아."

"괜찮아요."

"연락은 못 해도 항상 네 소식 찾아보고 있었어. 집필한 책은 연달아 히트 내고, 백혈병 걸린 아이도 도와줬더라. 몽중인은 영화로 들어간다고?"

"네."

"그 영화… 개봉하면 꼭 보러 갈게. 홍보도 많이 해줄게."

말을 하는 정이율의 얼굴에 기쁨이 어렸다.

영화의 주연이 자신의 형인 정태조이니 그럴 만도 했다.

한데 참 신기한 일이었다.

정지호, 정태조, 정이율.

세 사람은 아빠만 같은 이복 형제였는데도 참 우애가 깊었다.

그건 정지호의 의식을 통해 알 수 있었다.

그런데 왜.

'정지호는 이율이 형이 이런 상태인 걸 왜 몰랐지?'

정지호의 의식 속에서 정이율이 안 좋은 상황에 몰렸다는 정보는 얻을 수 없었다.

그렇다는 건 정이율이 누구에게도 자신이 처한 상황을 알리지 않았다는 것밖에 되지 않는다.

"두찬아."

"네."

"…나는 작전주에 당한 게 아니라 사람한테 당한 거야."

정이율이 조심스레 묻어두었던 이야기를 시작했다.

"사람이라니요?"

질문을 하는 김두찬의 시선이 슬쩍 정이율의 머리 위를 살폈다.

호감도는 100, 진심도는 8이었다.

처음 정이율을 발견했을 때 그의 진심도는 3에 불과했다.

그런데 그의 목숨을 구해주고 난 다음엔 무려 5나 올라 있었다.

진심도가 높을수록 상대방은 김두찬에게 거짓을 말하기 힘들어진다.

정이율 역시 김두찬에게는 거짓보단 진실을 알려주고 싶었다.

"혹시 양아림이라고 아니?"

양아림.

김두찬의 기억 속에는 없는 이름이었다.

"아니요."

"모르는구나. 음… 4년 전에 조금 떴던 반짝 스타였어. 반 반한 얼굴에 괜찮은 연기력을 바탕으로 예능 프로그램에서 이미지도 제법 잘 다져놓았던 남자였지."

"근데 그 사람은 왜요?"

"혹시 영화 중에 하늘의 정원이라고 아니?"

하늘의 정원이라면 정태조가 첫 주연을 맡은 영화였다.

영화는 탄탄한 시나리오에 배우들의 연기력, 평론가들의 호 평에 힘입어 초대박을 쳤다.

그러면서 정태조 역시 스타덤에 오르게 되었다.

그날 이후로 정태조의 무명 생활은 끝난 것이다.

"알아요. 모를 수가 없죠."

"그 영화 원래는 양아림을 주연으로 발탁했었어. 그런데 감 독의 변심으로 양아림 대신 정태조가 투입됐지. 때문에 양아 림은 다른 영화의 주연으로 들어갔는데, 그 영화는 알려지지 도 않은 채 사장됐어. 덩달아 확 뜰 것 같았던 양아림의 배우 인생도 계속해서 밑바닥을 치다가 나중에는 그 바닥을 뜨게 되었지."

"그랬군요."

"참 기구하지. 영화 한 편으로 두 사람의 인생이 달라지다 니. 물론 오로지 영화의 흥망이 백 퍼센트 영향을 끼치지는 않았을 테지만."

"그런데 그 양아림 얘기는 왜 꺼내신 거예요?"

"작년 말 즈음부터 나한테 접근했었어. 아, 이 얘기를 하기 전에… 너한테만 고백할 게 있다, 두찬아."

정이율이 무슨 말을 하려는 건지, 김두찬은 충분히 짐작이 됐다.

"지금 네 영화에 주연으로 출연 중인 정태조… 내 작은형이야. 정확히는 이복형이고."

이미 알고 있는 사실이었다.

하지만 김두찬은 내심 놀란 표정을 지어 보였다.

연기의 랭크가 오른 마당에 그 정도 연기는 아무것도 아니었다.

김두찬의 반응을 살피던 정이율이 말을 이었다.

"놀랐을 거야. 그거 아는 사람 몇 안 되니까. 뭐… 그렇게 엄청난 비밀 같은 건 아니지만 그렇다고 자랑처럼 떠벌리고 다닐 일이 아니라서 굳이 남들한테 말하고 다니지는 않았었어. 그래도 형이랑 제법 친분 있는 사람들 몇몇은 알고 있어."

"몰랐어요, 저는. 정 배우님한테는 형만 있는 줄 알았거든요."

"…어? 지호 형을 알아?"

"네. 믿으실지 모르겠지만 돼지 껍데기 집에서 우연히 만났어요. 먼저 알은체하시더라고요."

"그랬구나."

"연락 못 받았어요?"

"응. 서로 그렇게 연락을 자주 하는 건 아니거든. 가끔 문자로 잘 살아 있는지 생존 신고나 서로 하고 그러지. 아무튼 우연치고는 참… 대단하다. 그렇지?"

"그러게요."

"네가 유명 작가가 되고, 네 작품이 영화화 들어가는데 주연 배우가 작은형이고. 큰형은 고깃집에서 너랑 마주치고. … 그런데 큰형이 왜 널 알은체한 거야?"

김두찬은 짧은 순간 고민했다.

사실을 말하느냐, 거짓으로 둘러대느냐.

'어차피 거짓으로 둘러대 봤자 언젠가는 이율 형 귀에 들어갈 얘기이지 않을까?'

세 형제들은 나름 각별해 보였다. 때문에 정이율의 귀에도 인기영이 김두찬이라는 사실이 언젠가는 들어갈 듯했다.

게다가 정이율은 지금 김두찬에게 자신의 비밀을 털어놓으려 하고 있었다.

김두찬은 결국 마음을 열기로 했다.

"형, 한 가지 말해줄 게 있어요."

그러고는 정태조와 관련된 사건들을 죽 늘어놓았다.

그 말을 모두 듣고 난 정이율의 눈이 휘둥그레졌다.

"저, 정말… 인기영 작가가 너였단 말이니, 두찬아?"

"네."

"결국… 작은형을 살려준 은인이 너였구나. 하아, 고맙다. 정말 고마워."

정이율은 눈물이 그렁그렁해져서 김두찬의 손을 꼭 잡았다.

"이제 형이 하려던 얘기, 마저 해주세요."

김두찬의 재촉에 정이율은 바로 말을 잇지 못했다.

격하게 휘몰아치는 감정의 파도가 그를 마구 두들겨 댔기 때문이다.

잠시 심호흡하며 마음을 진정시킨 그가 겨우 입을 열었다.

"양아림은 내가 작은형의 동생이라는 걸 알고 있었어. 그 경위는 잘 모르겠지만… 공공연한 비밀인 만큼 아는 사람은 제법 있으니까 양아림이 이를 알아냈다고 해도 이상할 건 없지."

이후 이어지는 정이율의 말은 이랬다.

양아림이 맡으려던 하늘의 정원 주연 자리를 정태조가 꿰찬 후, 두 사람의 인생은 극과 극으로 달라졌다.

이후 3년이 흘렀고, 정이율은 자주 가던 술집에서 우연히 어떤 인상 좋은 청년과 죽이 맞아 친해지게 되었는데 그게 양아림이었다고 한다.

사실 당시엔 우연이라고 생각했지만 양아림은 작정하고 정이율에게 접근한 것이었다.

"3년 전, 영화 주연 자리를 빼앗긴 걸 양아림은 작은형이 수작을 부린 것이라고 생각하고 있었어. 거기에 앙심을 품고서 3년 동안 복수의 칼을 갈아온 거야. 누구한테도 속내를 말하지 않고서. 하지만 작은형은 이미 자신이 어떻게 할 수 없을 만큼 거물이 되었지. 그래서 작은형의 주변 사람을 공략하기로 마음먹은 거야. 그 타깃이 내가 된 거지."

"어떻게… 그 일 때문에 3년이나 독을 품어요?"

김두찬이 이해되지 않는다는 얼굴로 물었다.

그에 정이율은 쓴웃음을 물었다.

"사람이 그런 거야. 게다가 양아림처럼 본성 자체가 비뚤어진 녀석한테는 더더욱 작은형이 원망스러웠겠지."

정이율은 저도 모르게 두 손으로 이불을 그러쥐었다.

"양아림이 형한테 접근했다는 걸 정 배우님이 몰랐나요?"

"알았어도 크게 신경 쓰지 않았지. 나도 그런 마음을 먹고 다가온 줄 몰랐거든. 게다가 말했듯이 우리 형제가 연락 자체는 자주 하지를 않았으니……."

"아, 그럼 별생각 없이 지나갔을 수도 있었겠네요."

"하아, 작전주로 내 인생이 이렇게 됐다는 건 내가 그냥 그 사채업자들한테 돈 빌리면서 거짓말한 거야."

"어째서 그런 거짓말을 한 건데요?"

"양아림 그 녀석이… 나한테 무슨 짓을 한 건지 말해줄게,
두찬아."

정이율의 두 눈이 분노로 가득 찼다.

이윽고 이어지는 정이율의 말을 들으며 김두찬 역시 분노를
느꼈다.

사냥

정이율을 병원에 두고 집으로 돌아오는 길.

김두찬은 밴의 소파에 몸을 깊숙이 파묻고 눈을 감았다.

'큰일이라도 있으신가?'

원체 그런 김두찬의 모습을 본 적이 없던지라, 장대찬은 걱정이 됐다.

김두찬의 미간에는 미세하게 세로줄이 자리했다.

그가 조금 전 정이율에게 들었던 이야기를 떠올렸다.

"양아림은 날 처음 보는 순간부터 친근감을 표했어. 무언가 조금 이상했지만 이후로 몇 번 더 연락을 취해오기에 만나면서 마음의 경계가 조금 느슨해진 거야, 내가.”

정이율은 어느새 양아림에 대한 의심을 거두었고, 반년 넘게 두 사람의 우정은 지속되었다.

그때쯤이었다.

정이율이 양아림의 과거에 알게 된 것도.

주식과 게임 외에 다른 것에는 일절 관심이 없던 정이율이었다.

때문에 양아림이 연예계에서 잠시 활동했었다는 걸 몰랐다.

전부 그가 스스로 얘기를 꺼냈기에 알게 된 사실들이었다.

아울러 양아림은 하늘의 정원 주연 자리가 원래 자기한테 먼저 들어왔었다는 얘기도 가감 없이 늘어놓았다.

한데 갑작스레 정태조라는 배우가 자신을 밀어내는 바람에 그 영화에 출연하지 못하게 되었다며 씁쓸하게 웃었다.

하지만 결코 정태조를 원망하지는 않는다고 했다.

사람 일이라는 게 마음먹은 대로만 흘러가는 건 아니니까, 괜찮다고 말했다.

오히려 그때 연예계에서 물러나 연극과 뮤지컬을 접할 수 있어 다행이라는 것이 양아림의 입장이었다.

그는 브라운관에서 모습을 감춘 뒤, 연극과 오페라를 전전

하며 연기 실력을 키웠고, 이제야 빛을 보고 있는 중이었다.

슬슬 방송가에서도 다시 연락이 온다고 했다.

하지만 아직은 방송에 복귀하기에 이르다며, 조금 더 실력을 키운 다음 재기하고 싶다는 포부를 밝혔다.

그런 양아림의 이야기를 들으며 정이율은 가슴 한편이 뜨끔했다.

양아림의 주연 자리를 빼앗은 이가 자신의 작은형이었기 때문이다.

하지만 정태조가 말하길, 그것은 감독의 단순 변심에 의한 캐스팅 교체라고 했었다.

자신의 소속사에서는 아무런 액션도 취하지 않았다는 것이 그의 주장이었다.

그러다 더 시간이 지난 뒤에 감독과의 술자리에서 정태조는 진실을 알게 됐다.

감독이 양아림을 자른 건, 사전 미팅 자리에서 엿볼 수 있었던 그의 인성 때문이었다고 한다.

하늘의 정원을 촬영한 조춘원 감독은 사람 보는 눈이 정확했다.

그래서 한 시간 정도만 대화를 하면 상대방이 어떤 부류의 인간인지 파악할 수가 있었다.

그런 그의 눈에 양아림이 걸려 버린 것이다.

"나중에 알게 된 거지만 양아림은 사실 엄청난 양아치였다더라고. 구제 불능이라는 소리까지 주변에서 심심찮게 들을 정도로. 중고등학교 때 유명했다나 봐. 여자애들 건드리고 다른 애들 돈 뜯어내는 건 예삿일이었대. 한데 얼굴 하나는 반반해서 어느 기획사에 길거리 캐스팅이 된 거야."

그때부터 양아림의 연예계 생활이 시작되었다.

그는 되도록 자신의 본성을 숨기며 지내왔지만 몸에 습관처럼 배어버린 버릇과 흔적은 감추기 힘들었다.

조춘원 감독은 그것을 봤다.

근본도 되어 있지 않은 인간이 명예와 부를 쥐게 되는 것만큼 무서운 일은 없었다.

어차피 양아림을 주연으로 낙점한 건 조춘원 감독이 아니었다.

제작사였다.

그러나 최종 결정권은 대한민국 최고의 감독이라 일컬어지는 조춘원에게 있었다.

조춘원은 양아림과 미팅을 가지고 나서 바로 주연 교체를 요구했다.

그것이 양아림이 주연을 놓치게 된 이유였다.

하나, 양아림은 정태조의 소속사에서 무슨 수작을 부린 것이라 철썩같이 믿고 있었다.

그리고 자신의 인생이 내리막길을 걷게 된 결정적 원인도 바로 거기에 있다고 생각했다.

"한심하고 불쌍한 인간이지. 그는 하늘의 정원으로 스타 반열에 오르면 모든 것이 해결될 거라 생각한 거야."

그럴 만도 했다.

우리나라는 돈으로 해결되지 않는 일이 없다.

양아림이 대스타가 되면 분명히 그의 과거 행적을 공개하려는 피해자들이 나설 것이다.

하지만 으레 그렇듯, 양아림의 기획사에서는 자신의 배우를 보호하기 위해 언론 플레이 및 여러 가지 수작을 벌여 이를 덮으려 할 게 뻔하다.

그리고 시간이 흐르면 이런 가십거리들은 유야무야 사라지게 마련이다.

그것이 양아림이 바라는 그림이었다.

"결국 양아림의 모든 원망은 작은형에게 향했어. 그래서 나한테 접근했고, 건드릴 수 없는 작은형 대신 나를 건드리기로 했다는 건… 아까 말했었지. 사실 처음엔 양아림도 이렇다 할 계획 없이 접근했을 거야. 그냥 친하게 지내면서 기회를 보자는 식이었겠지. 그런데… 그 기회가 녀석한테 찾아왔어."

정이율이 양아림과 호프집에서 술을 한잔 즐기던 어느 날이었다.

양아림은 급히 전화할 곳이 있는데 폰을 가지고 나오지 않았다며 빌려달라고 했다.

정이율은 별생각 없이 잠금을 풀어서 스마트폰을 건넸다.

그런데 양아림이 번호를 누르다 말고 배를 움켜쥐더니 화장실로 향했다.

볼일도 보고 전화도 하고 오겠다며.

"분명히 그때야. 그때… 양아림은 내 폰을 뒤져본 거야."

양아림은 화장실 안에서 문을 걸어 잠그고 정이율의 메시지들을 확인했다.

그러다 정태조와 주고받은 메시지를 보게 되었는데 거기에서 눈이 번쩍 뜨이는 내용을 발견했다.

ㅡ형수님은 잘 계셔? 하민이도 많이 자랐겠다. 벌써 반년을 못 봤네. 조만간 하민이 인형 사서 갈게.

그 메시지 하나를 보는 순간 양아림의 머리가 빠르게 돌아갔다.

정태조는 대한민국에서 배우로 활동하며 청렴결백한 이미지를 쌓아왔다. 그리고 스캔들 한 번 터지지 않아 국민 순수남이란 별명까지 붙었다.

그런 그에게 아내와 아이가 있다?

양아림이 메시지를 계속해서 읽어나갔다.

주기적으로 메시지 정리를 하는 건지 일주일 이내에 주고받은 것밖에 없었다.

하지만 그 안에는 정태조의 상황을 유추할 만한 내용들이 전부 담겨 있었다.

정태조는 국민들 몰래 여자를 숨겨두었고, 그 사이에서 딸까지 얻었다.

이 사실이 퍼져 나가면 정태조의 배우 인생은 끝이다.

양아림은 당장 그 대화 내역을 자신의 폰으로 전송한 뒤, 전송 내역을 삭제했다.

물론 정이율은 이런 사실을 나중에 짐작했을 뿐이다.

정태조의 비밀을 알게 된 이후, 양아림의 태도는 확 변했다.

정이율에게 친근하게 대하던 그는 사라지고 매일같이 네 형의 비밀을 알고 있다며 협박을 가해왔다.

양아림은 정태조를 바로 추락시켜 버리는 것보다는 그의 주변 사람부터 폐인으로 만들어놓고자 했다.

그래야 정태조에게 더욱 큰 아픔을 안겨줄 수 있을 테니까.

"이후로 양아림이 내게 한 짓은… 정말 사람으로서는 용서받을 수 없는 행위였어."

양아림은 정이율에게 네 형의 인생이 나락으로 떨어지는 걸 보기 싫다면, 무조건 시키는 대로 하라 엄포를 놓았다.

그가 처음으로 정이율에게 요구한 것은 입막음 비용이었다.

그 액수로 무려 1억을 불렀다.

대단히 큰돈이었지만 주식을 잘 관리해 온 정이율이 모든 주식을 정리하면 어떻게든 만들 수는 있었다.

정이율은 양아림이 시키는 대로 돈을 마련해 건네줬다.

양아림은 거래의 흔적이 남지 않기를 원했다.

해서 전부 5만 원권으로 뽑아 가방에 담아서 그에게 주었다.

정이율은 제발 그것으로 모든 일이 끝나기를 바랐다.

하지만 그때부터가 시작이었다.

양아림의 전화는 다음 날에도, 그다음 날에도 이어졌다.

통화의 내용은 시종일관 똑같았다.

전부 정태조에 관한 소식과 소문들에 대해 떠들어댈 뿐이었다.

그러던 어느 날, 양아림이 정이율의 집으로 찾아왔다.

그러고서는 잔뜩 짜증이 난 얼굴로 말했다.

"너 망해라."

이유인즉 정태조가 계속해서 승승장구하는 게 꼴 보기 싫으니 정이율이 대신 망하는 꼴을 봐야 속이 풀릴 것 같다는 것이었다.

그게 다섯 달 전의 일이다.

정이율은 더 이상 견딜 수 없어 경찰에 신고하기로 마음을 먹었다.

그러나.

"무슨 짓을 저지르기 전에 생각이라는 걸 한 번 더 해봐. 네가 하는 행동이 나한테 약간의 해라도 끼치는 순간."

양아림은 자신의 폰을 꺼내 정이율의 폰에서 전송했던 메시지를 보여주며 비릿하게 웃었다.

"이거 인터넷에 다 퍼질 테니까."

정이율은 양아림이라는 인간을 믿었던 자기 자신이 원망스러웠다.

충분히 의심스럽게 접근한 사람에게 너무 쉽게 마음을 여는 경거망동으로 작은형이 위험에 빠진다면⋯⋯.

"그렇게 된다면 나는 정말 크나큰 죄책감에 사는 것 자체가 괴로워질 것 같았어, 두찬아."

정지호에게 연락을 할까도 생각해 봤었다고 한다.

그러나 양아림을 잡아 족쳐도 그가 메시지를 인터넷에 퍼뜨려 버리면 정태조는 끝난다.

그렇다고 협박이 먹힐 부류의 인간도 아니었다.

양아림이 스스로 개과천선하거나, 그가 죽거나.

그 두 가지 경우 말고는 해결책이 없는 상황이었다.

양아림은 정이율의 집으로 들어와 밖에서 사왔다며 술을 꺼냈다.

그리고 그것을 강제로 몇 잔 먹였다.

"어떤 술인지는 모르겠지만 단 세 잔 먹었을 뿐인데 취기가 확 오르더라. 정신이 없었어. 내 몸이 허공에 붕 뜨는 것처럼 기분이 좋아지더니 이상한 환상 같은 것들이 보였지. 나중에 알았다. 술에 마약을 탔던 거야."

"…네?"

정이율의 말을 한참 듣고 있던 김두찬이 놀라서 소리쳤다.

"정신을 차렸을 때 양아림은 없었고 나는 이상한 후유증에 시달렸지. 환각에서 깨어나며 지독한 자존감의 붕괴가 일어났어. 그리고 외로움, 공포, 우울, 그 모든 무기력한 감정들이 날 괴롭혔어. 견디기가 힘들었는데, 모르는 번호로 연락이 오더라."

정이율에게 전화를 건 사람은 마약 밀거래를 하는 점 조직의 꼬리, 즉 말단 부하였다.

본명은 모르고 자신을 '경 씨'라고 부르면 된다고 했다.

경 씨는 정이율에게 앞으로 약이 필요해지면 연락하라는 말만 남기고서 전화를 끊었다.

그에 정이율은 순간적으로 혹하는 마음이 들었지만 이를 억눌렀다.

그러자 며칠 후 양아림은 다시 찾아왔다.

"역시 너는 자유의지를 주면 안 되는 새끼야. 내가 시나리오 써줄게. 그냥 그대로 따라와. 보자… 우선 사채부터 써볼까?"

양아림은 그 길로 정이율을 사채업자 고지만에게 데리고 갔다.

고지만은 양아림의 고등학교 선배로, 함께 양아치 짓을 하고 다니던 인간이었다.

그 인간이 지금은 사채업을 하고 있는 것이다.

양아림은 정이율이 반강제로 돈을 빌리게 만들었다.

고지만과는 그가 작전주에게 당해서 돈을 꿔가는 것이라고 입을 맞췄다.

정이율은 가방에 현금으로 5천이 담긴 가방을 메고 사무실에서 나왔다.

다행스럽게도 그 돈을 양아림이 다시 가져가거나 하지는 않았다.

양아림은 정이율을 따라오지도 않고 제 갈 길이 바쁘다며 사라졌다.

이에 정이율은 일단 집으로 빨리 가는 게 우선이다 싶어 걸음을 서둘렀다.

그런데, 사채업 사무실 건물에서 나와 도로로 가기 위해 좁은 골목을 지나던 중 알 수 없는 무리들에게 습격을 당하고 돈 가방을 빼앗겼다.

"분명히 그것도… 고지만, 양아림과 한 패거리 짓일 거야. 결과적으로 돈을 빌렸지만 내 수중에 남은 돈은 없게 된 거지. 이자만 한 달 두 달, 무섭게 올라갔어."

정이율이 가장 잘하는 것은 주식 투자였다.

하지만 주식으로 돈을 벌고 싶어도 총알이 없었다.

고지만 패거리는 돈을 갚지 못한 세 달째부터 정이율을 찾아와 괴롭혔다.

그것은 정이율에게 죽느니만 못한 삶이었다.

정태조의 비밀을 알고 있는 양아림으로 인해 정이율은 아무것도 할 수 없었다.

수중에 돈은 없고, 사채업자 무리는 하루가 멀다 하고 찾아왔다.

제대로 끼니를 때우지 못하는 데다 정신적 고통으로 불면증까지 얻었다.

그러던 어느 날, 이대로 가다가는 아사하겠다 싶어 하루는 마음을 독하게 먹고 집 밖으로 나갔다.

한 손에는 그나마 남아 있는 현금을 긁어모은 돈 몇 푼이 쥐어져 있었다.

정이율은 인스턴트식품을 돈이 되는 대로 사려다가 몇천 원을 따로 뺐다.

그리고 그것으로 살서제(쥐약)을 구입했다.

"무사히 집으로 돌아와서 우선 허기부터 채웠어. 하지만 맘 놓고 먹지는 못했지. 이런 생활을 얼마나 더 이어나가야 하는지 알 수 없었으니까."

정이율은 감옥 같은 집 안에서 허기와 싸웠다.

매일같이 찾아오는 사채업자 패거리의 협박을 견뎠다.

하루하루가 지옥 같았다.

그러던 어느 날, 믿기지 않는 기사를 봤다.

배우의 이름과 정태조에 관한 기사였다.

"절망만 가득하던 와중 한 줄기 빛이 내려오는 것 같았어. 이제 양아림이 날 쥐고 흔들던 무기는 아무짝에도 쓸모없게 되었으니까. 근데⋯⋯."

정태조가 기자회견을 갖고 그에 대한 기사가 마구 쏟아져 나올 때, 양아림은 정이율에게 전화를 해 이렇게 얘기했다.

─축하해. 너희 형, 이제 정말 인생 피겠네. 그 엿 같은 과거사까지 전부 청산받았으니까. 그런데 말이야. 그런 형한테 약쟁이에 사채까지 끌어다 쓴 이복동생이 있다는 기사가 터지면 어떻게 될까? 이번에도 그 더러운 사실들을 사람들이 이해하고 받아들일까? 어쩌냐. 이제 네가 정태조의 가장 큰 걸림돌이 되어버렸네? 푸흐흐.

통화를 끝낸 정이율은 극도의 분노와 불안감으로 제정신을 차릴 수 없었다.

만약 그가 조금만 더 이성적인 상황이었다면 다른 방법을 생각했을 것이다.

하나 그러기엔, 정이율은 이미 심신이 한계까지 지쳐 버린 상황이었다.

결국 정이율은 해선 안 되는 선택을 하고 말았다.

"쥐약을 먹었고, 목이 타들어가더니 속이 뒤집히면서 정신이 까마득해졌어. 이제 정말 죽는구나 싶었는데, 그때 네 목소리가 들리더라. 솔직히 내가 도어록을 풀었는지도 몰랐어. 그냥 무의식중에 움직인 거야."

정이율의 얘기를 전부 듣고 난 김두찬의 몸이 분노로 파르르 떨렸다.

"하아… 나 피 검사 했지? 진짜… 한 사람 인생 밑바닥에 곤두박질치는 거 순식간이구나."

정이율은 양아림으로 인해 강제로 마약을 복용했다.

때문에 피 검사에서 마약에 대해 양성 반응이 나올 터였다.

김두찬도 그게 걱정됐다.

하지만 자의성이 없는 강제성이었으니 정상참작이 될 테고, 집행유예 정도로 끝낼 수 있을 것 같았다.

얘기를 끝낸 정이율은 어느새 하염없이 눈물을 흘리고 있었다.

"두찬아, 난… 난 그냥 우리 형을 지키고 싶었어. 우리 형제 셋 다 어머니는 다르지만… 그래, 남들이 보면 콩가루 집안이

라고 손가락질해도 할 말 없는 팔자들이지만… 근데, 우리가
이렇게 태어나고 싶어서 태어난 건 아니잖아? 태조 형이 그 말
을 했었어. 그러니까 우리끼리만이라도 똘똘 뭉쳐서 서로 위
해주어야 한다고. 두찬아 난… 나한테는 가족이 없어. 아빠라
는 사람은 내가 태어나기도 전에 엄마를 떠나서 얼굴도 몰라.
어머니는 오래전에 돌아가셨고… 남은 건 내 형들뿐이야. 나
한테는 형들이 전부야. 그래서 난… 내 전부를 지키고 싶었던
것뿐이야. 그것뿐인데, 그런데… 그 마음을 이용해서 내 인생
을 이렇게 짓밟을 수 있는 거니? 사람이… 이런 짓을 할 수 있
는 거니, 두찬아…….”

정이율이 어린아이처럼 크게 울었다.

김두찬은 그런 정이율의 어깨를 천천히 토닥여 주었다.

그러고는 그의 귀에 대고 나직이 말했다.

“형, 이제 됐어요. 걱정, 생각, 그만하고 좀 쉬고 있어요.”

김두찬이 병실에서 있었던 일의 회상을 끝냈다.

밴은 도로를 빠르게 질주하고 있었다.

김두찬이 정지호의 명함에 적힌 번호로 전화를 걸었다.

＊　　　＊　　　＊

김두찬은 정지호에게 정이율과 양아림 사이에 있었던 일련의 사건에 대해 전부 전했다.

이야기를 듣자마자 길길이 날뛸 줄 알았는데, 의외로 정지호는 침착했다.

―그런 일이 있었군요.

"괜찮… 으신가요?"

김두찬의 걱정스러운 물음에도 정지호는 평정을 유지했다.

―이미 벌어진 일이고 감정에 휘둘려 봤자 해결되는 건 없으니까… 자신이 저지른 짓에 응당한 대가를 받게 만들 겁니다.

말미에 정지호의 음성이 살짝 떨렸다.

그도 사람이었다.

동생이 그토록 처참히 당했다는데 아무렇지 않을 리 없었다.

다만 참고 있는 것이다.

스스로의 화로 혹시라도 일을 그르칠까 봐.

"어떻게 할 셈이죠?"

―작가님은 이제 빠져 계세요. 제가 알아서 처리합니다. 우선… 경 씨라는 새끼부터 잡아 족칠 겁니다. 그래서 그 윗대가리 잡아다가 양아림에게 마약을 판 걸 자백하게 해야죠.

"그게 가능한가요?"

―내가 헛바닥으로 잠실 바닥 잡은 게 아니요. 경 씨라는 놈만 잡으면 그 위 줄 줄줄이 엮어서 끌어올릴 수 있어요.

물론 경 씨라는 인간을 찾는 게 가장 문제이긴 했다.

거물급 인간들이야 워낙 풍기는 냄새가 진해서 어렵지 않게 찾아낸다.

하지만 개미 같은 존재들은 작정하고 숨어버리면 찾는 데 조금 애를 먹는다.

어찌 되었든 경 씨를 잡아 그 윗선을 족쳐야 한다.

그래서 마약 밀매 브로커가 양아림에게 마약을 팔았다는 걸 자백하면, 양아림은 당장 수사를 받게 된다.

그리고 피에서 양성 반응이 뜨면 그는 구속을 피할 수가 없게 된다.

정지호의 성격으로 봐서 분명 자신의 동생을 억압한 것까지 함께 물고 들어갈 것이 분명하기 때문이다.

문제는 양아림이 정작 자신은 약을 하지 않았을 경우 생각했던 것보다 처벌이 가벼워질지도 모른다는 것이다.

―아, 그리고 고지만이라던가 하는 사채업자 새끼 명함 있다고 했죠?

"네."

―번호 찍어서 문자 하나 보내주세요.

"그럴게요."

통화를 끝내자마자 김두찬은 양아림의 뮤지컬 일정을 검색했다.

가장 가까운 것이 내일 오후 4시였다.

김두찬은 바로 표를 예매했다.

직접 가서 양아림을 보고 확인할 것이 있었다.

*   *   *

다음 날.

10월 13일 금요일.

김두찬은 일찍부터 작업실로 향했다.

작업실엔 이미 채소다가 출근해서 주화란과 집필을 하는 중이었다.

주화란은 새로운 신작 집필에 열중이었고, 채소다는 더 사가의 시놉을 만들고 있었다.

그러다 김두찬이 나타나니 채소다가 우다다다다 하고 달려와서는 버럭 소리쳤다.

"어떻게 됐냐는!"

"네, 네?"

"이율 오빠 찾았어?"

"아… 네."

어제는 너무 경황이 없어서 채소다에게 연락을 하지 못했다.

김두찬의 대답을 듣자마자 채소다는 눈을 희번덕거리며 물었다.

"어디서 찾았어?"

"집에 있었어요."

"근데 왜 전화 안 받았대? 혹시 엄청나게 맛있는 고기를 숨겨놓고 먹었다던가?"

어떻게 생각이 그쪽으로 튀는 건지 모를 일이었다.

김두찬은 채소다에게 지금까지의 자초지종을 설명해 줬다. 물론 사정을 들려주며 정태조와 관련된 이야기는 배제했다.

얘기를 다 듣고 난 채소다의 얼굴에서 핏기가 싹 가셨다.

그녀는 적잖이 충격을 받아서는 한동안 말이 없었다.

마치 석상처럼 굳어버려서 제자리에 가만히 서 있었다.

자세히 보니 초점도 나가 있었다.

그에 걱정이 된 김두찬은 채소다의 어깨를 살살 흔들었다.

"소다 누나?"

그러자 넋 나간 모습 그대로 채소다가 문을 향해 걸어갔다.

그녀의 뒤통수에 대고 김두찬이 물었다.

"누나, 어디 가요?"

채소다는 뒤도 돌아보지 않고 신발을 신으며 대답했다.

"충격이 너무 커서 고기 먹을래. 잠깐만 날 찾지 마."

그리 말하고서는 유령처럼 밖으로 나가 버렸다.

하여튼 연구 대상인 사람이라고 김두찬은 생각했다.

"그게 정말이에요?"

그때 한쪽에서 가만히 김두찬의 얘기를 듣고 있던 주화란의 잔뜩 질린 목소리가 들려왔다.

"아, 주 작가님."

"세상에 그런 일이 진짜로 있네요?"

"그러게요. 그것도 제 주변에서 일어날 줄은 몰랐어요."

"그나저나 양아림이 그렇게 쓰레기였다니, 충격이네요."

"양아림을 알아요?"

"주연으로 나오는 뮤지컬 몇 편 봤었어요. 잘하더라고요. 요즘엔 방송국이랑 충무로에서 러브콜도 보내고 있는가 봐요. 그런 기사가 심심찮게 올라오더라고."

그 말을 듣고 난 김두찬은 당장 인터넷으로 양아림을 검색했다.

주화란의 말대로 양아림의 연예계 복귀설에 대한 기사가 무수히 떠올랐다.

그가 슬슬 연예계에 다시 발을 담그려 하고 있는 것이다.

당연히 기사는 소속사 측에서 손을 써둔 것일 테고.

연예계에서 은퇴한 뒤 3년 동안 연극과 뮤지컬로 착실하게 실력을 쌓으며 다시 올라온 양아림이었다.

이제 제대로 된 복귀작만 잡으면 모든 일이 일사천리였다.

하지만.

'복귀는커녕 연예계에 다시는 발도 못 담그게 될 거야, 양아림.'

양아림은 모르고 있었다.

건드려서는 안 될 사람을 자신이 건드리고 말았다는 사실을.

김두찬은 뭔가를 깊이 생각하다가 연예인들의 각종 화젯거리가 연일 올라오는 인기 가십 사이트 '연예IN'에 접속했다.

그곳은 누구든 글을 올릴 수 있었고, 연예인과 관련된 어떤 글이든 작성 가능했다.

수위가 너무 높거나 공개적으로 연예인의 실명을 사용해 무조건 비방하는 글, 혹은 광고 글 같은 경우만 아니면 어떤 글을 작성해도 무관했다.

때문에 어느 연예인이 이랬을 것이다, 라는 추측성 글도 많이 올라온다.

한데 개중에는 추측이 딱 들어맞는 경우가 종종 있었다.

해서, 그런 글들은 네티즌들이 성지순례를 하고는 했다.

김두찬은 새로운 아이디를 만들어 사이트에 접속한 뒤, 장문의 글을 적어나가기 시작했다.

글의 제목은 '배우 Y씨를 아십니까?'였다.

*   *   *

한 패스트푸드점에서 햄버거를 먹던 두 남자가 대화를 나
누고 있었다.

"야야, 이 글 봤어?"

"뭔데?"

"연예IN에 올라온 건데, 배우 Y씨를 아십니까."

"봤지. 그 글 지금 난리더라. 여기저기서 막 퍼가고 원본 조
회수도 어마어마하던데?"

"기사도 엄청 쏟아져. 이 글의 주인공이 누구인지 엄청 추
측하더라."

"네티즌들은 이미 밝혀냈더구만 뭘."

"그래? 누구?"

"양아림."

"양아림이 누구야?"

"사 년 전인가 반짝했던 애 있어. 글 보면 지금 연극 무대랑
뮤지컬에서 활동하고 있다잖아. 게다가 복귀 초읽기 상태라는
것도 들어맞아."

"와… 이거 진짜면 대박이다."

"대박 정도가 아니라 양아림 인생 끝나는 거지. 누군가한테 앙심 품고 그 사람 동생을 폐인으로 만들어놓았다는데."

그들은 지금 김두찬이 연예IN에 올린 글에 대해 얘기하고 있었다.

김두찬은 양아림을 저격하는 내용으로 장문의 글을 올렸다.

그가 알고 있는 사실에 기반해서 배우 Y가 양아림을 지목한다는 건 누구든 짐작할 수 있게 적었다.

하지만 양아림이 누구에게 앙심을 품었는지에 대해서는 알 수 없도록 감췄다.

아울러 양아림이 정이율에게 한 모든 협박과 악행을 담으면서도 어떠한 내용으로 협박을 했는지는 드러내지 않았다.

물론 정이율에게 강제로 마약을 복용하게 한 사실도 밝히지 않았다.

그게 알려지면 정이율에게 피해가 갈 수 있기 때문이다.

"협박해서 1억 원 갈취해 간 것도 모자라서 억지로 사채 끌어다 쓰게 했다잖아."

"그래서 자살까지 하려 했다던데, 그 사람. 그리고 그 사채업자가 학교 선배였대. 플러스해서 마약 브로커까지 알고 있고… 이거 너무 소설 아니냐?"

"사실이면 양아림은 인간 새끼가 아닌 거야."

"근데 뭐… 아직 사실이라고 밝혀진 것도 없으니까."

"내가 보기엔 사실 같은데. 봐라. 이거 분명히 성지순례 글 된다. 그 새끼 데뷔했을 때부터 눈초리가 마음에 안 들었어."

"미친놈. 이유 없이 까다가 명예훼손죄로 고소미 먹는다."

"햄버거나 먹자."

두 남자는 다시 햄버거를 먹는 데 집중했다.

하지만 그들이 입을 다물었어도 전국에서 여러 사람들이 김두찬의 글을 보고 거기에 대해 얘기를 나누고 있었다.

이미 원본 글의 조회수는 10만을 넘어가고 있었다.

여러 네티즌들이 각종 유머 사이트에 퍼 나른 것까지 합하면 총합 70만이 넘는 조회수를 기록했다.

거기다 이런 가십거리를 놓칠 리 없는 연예부 기자들이 인터넷에 추측성 기사를 바쁘게 올리는 추세였다.

사실 연예IN에 이와 같은 글들은 심심찮게 올라왔다.

하지만 대부분 현실성이 없다는 이유로 묻히게 마련이었다.

그럼에도 김두찬의 글이 주목을 받은 건 그의 유려한 필력 때문이었다.

한낱 헛소리로 치부될 수도 있을 만한 이야기를, 김두찬은 자신의 필력으로 맛있게 버무렸다.

사람들은 그가 올린 글의 첫 문장을 읽는 순간 무언가에 홀리듯 푹 빠져들었다.

정신을 차려보면 마치 한 편의 드라마를 본 것처럼 매혹되어서 마지막 문장을 읽고 있는 자신을 발견했다.

그저 가십으로 쓴 글이라기엔 명문이라고 할 만큼 글이 좋았다.

때문에 김두찬의 게시물이 묻히지 않고 수면 위로 부상한 것이다.

그 바람에 연예인 Y가 누구냐는 물음과 더불어 이 글을 누가 쓴 것이냐는 물음도 화제몰이 중이었다.

양아림은 그런 사실을 전혀 모른 채 오늘도 이어지는 뮤지컬 공연에만 집중하고 있었다.

*   *   *

"엄마한테 잘 해, 좀, 새끼야. 걱정 많이 하시더라. 엄마라고 부르기로 했어. 내가 생일 빠르니까 형이라고 불러라."

"왜 찾아갔어?"

"내가 잘못한 거냐?"

"후우, 맥주 사러 갔다 올게."

"씨발, 나도 할 만큼 하지 않았냐!"

양아림은 무대 위에서 화려한 조명을 받으며 상대 배우와 열심히 자신의 대사를 주고받았다.

김두찬은 S석에 앉아 그런 양아림의 무대를 지켜보았다.

뮤지컬이 시작한 지 10분 남짓.

김두찬이 무대 위에 있는 양아림에게 상상 공유를 사용했다.

그리고 그의 의식을 들여다봤다.

5분이 지나고 상상 공유를 끝낸 김두찬의 입에 차가운 미소가 어렸다.

'혹시나 네 몸속에 깨끗한 피가 흐르고 있으면 어쩌나 했는데, 괜한 걱정이었네.'

원하는 정보를 얻었으니 이 공연을 계속 보고 있을 이유는 없었다.

김두찬이 자리에서 벌떡 일어났다.

그때, 신나는 노래가 시작되며 무대와 관객석까지 밝은 조명이 들어왔다.

순간 자리에서 일어선 김두찬의 얼굴이 전면에 노출되었다.

그러자 김두찬의 근처에 있던 관객들의 시선이 일제히 그에게 집중되었다.

'아……'

'와, 장난 아니다.'

차마 입 밖으로 꺼내지 못하는 탄성을 속으로 삼키며 관객들의 눈동자가 몽롱해졌다.

조명을 받아 밝게 빛나는 김두찬의 얼굴은 도저히 같은 사람이라고 보기 어려울 만큼 아름다웠다.

그런 시선들을 모른 체하고 김두찬은 걸음을 옮겼다.

점점 멀어지는 김두찬의 뒷모습이 관객들에게는 몽환적으로 다가왔다.

김두찬은 걸음걸음마다 근처에 있는 관객들의 시선을 모조리 빼앗았다.

무대 위에서 열정적으로 노래를 부르던 양아림의 눈에도 그 광경이 잡혔다.

'저 새끼 뭐야? 씨발 놈이, 공연 중에 매너 없이.'

속으로 울컥하는 마음이 듦과 동시에 평상심을 놓쳐 버린 양아림이 가사를 씹었다.

평소 같았으면 당장 관객들의 야유나 응원의 박수가 쏟아졌을 텐데, 오늘은 아니었다.

관객 중 반 이상이 공연장을 나서는 김두찬의 뒷모습을 아련히 바라보며 넋을 놓았다.

양아림에게 오늘은 최악의 공연으로 기억될 터였다.

*   *   *

정지호가 움직였다.

가장 먼저 해야 할 일은 경 씨를 잡는 것이었다.

경 씨의 전화번호는 정이율의 스마트폰에 저장되어 있었다.

정지호는 동생을 찾아갔다.

병실에 누워 추레한 모습으로 회복하고 있는 정이율을 보니 분노가 솟구쳤다.

하지만 티 내지 않고 따스한 미소만 정이율에게 전해주었다.

정지호의 모습에 정이율은 울컥거리는 감정을 추슬렀다.

당장이라도 눈물이 터질 것 같았으나 꾹 참았다.

아직 정태조는 상황을 모르고 있었다.

영화에 집중해야 하는 마당이니 김두찬도, 정지호도, 그리고 정이율 역시 그에게 일부러 연락을 취하지 않았다.

정지호와 정이율은 오래간만에 만나 이런저런 얘기들을 나누었다.

그러다 보니 자연스레 김두찬에 대한 이야기도 흘러나왔다.

김두찬은 그들 형제 중 두 명이나 살려준 대단한 은인이었다.

정태조의 배우 인생을 살렸고, 정이율의 목숨을 구했다.

"이율아, 나는 김 작가를 이미 마음으로 존경하고 있다."

그것이 정지호의 입에서 흘러나온 김두찬의 평가였다.

이를 들은 정이율의 눈이 휘둥그레졌다.

"형이······?"

정지호는 자존감이 누구보다 높은 이였다.

해서 자기 머리 위에 아무도 올려놓지 않았다.

누군가를 좋아할지언정, 존경해 본 적은 없는 사람이 바로 그다.

그런 그가 김두찬을 존경한다는 말을 했다.

그것은 곧, 정지호가 김두찬을 자신의 위로 여기고 있다는 것이었다.

"내 동생 두 명을 살려준 은인이다. 만약 김 작가가 그 보답으로 내게 목숨을 내놓으라 한다면 난 얼마든지 내어줄 수 있다."

"형······."

한 번도 본 적 없는 정지호의 모습이 정이율은 낯설었다.

김두찬을 입에 올릴 때 그의 두 눈은 한없는 애정과 존경으로 가득 차 있었다.

정지호는 결코 입에 발린 말이나 거짓을 내뱉는 사내가 아니었다.

그의 입 밖으로 흘러나온 말은 진심이다.

목숨까지 내놓을 수 있다는 것 역시 진심이었다.

그런 정지호의 모습을 가만히 바라보던 정이율이 픽 웃었다.

"두찬이가 이렇게까지 대단한 녀석인 줄은 몰랐어, 난,"

정이율이 처음 만났던 김두찬은 가지고 있는 스펙에 비해 수줍음 많고 어수룩함이 가득한 청년이었다.

그런데 단 몇 달 만에 대한민국을 뒤흔드는 히트 작가가 되었다.

문득 그런 사람과 한 방에서 같이 잠을 잤다는 것이 거짓말처럼 느껴졌다.

아니, 김두찬을 처음 만났을 때의 일 자체가 전부 환상 같았다.

당시의 김두찬과 지금의 김두찬을 비교해 보면 괴리감이 너무나 컸다.

"이율아. 김 작가는 범인이 아니야. 속에 큰 그릇을 가지고 있는 사람이지. 두고 봐라. 김두찬이라는 이름 석 자가 세계로 뻗어나갈 테니."

정지호는 앞으로 김두찬의 앞길을 방해하는 요소들은 자신이 직접 해치우리라 다짐했다.

주군을 모시는 호위 기사처럼 평생을 다 바치더라도 김두찬에게는 꽃길만 걷게 해주고 싶었다.

그것으로도 두 동생을 살려준 것에 대한 보답을 다 하기에는 부족했다.

'그전에 마무리 지어야 할 일이 있지.'

한참 동안 김두찬에 대해 얘기를 하던 정지호가 정이율에게 갑자기 물었다.

"경 씨, 번호 알지?"

"웅."

"알려줘."

"형이… 나서려고?"

"가만히 있지는 못하겠다."

정지호는 한다면 하는 사람이었다.

일단 어떤 일을 시작하겠다 마음먹으면 후진이 없다.

무조건 돌진이다.

이를 잘 아는 정이율은 두말없이 경 씨의 전화번호를 알려주었다.

번호를 스마트폰에 저장한 정지호가 소파에서 일어섰다.

"몸조리 잘 해라."

"형도… 조심해."

정이율의 걱정에 정지호가 피식 웃었다.

"형이야, 인마."

*   *   *

정지호는 경 씨의 전화번호를 풀어 아랫사람들을 움직였다.

거물과 달리 피라미들은 조용히 숨어버리면 흔적을 찾기가 힘들다.

반대로 자기가 어떤 입장에 처했는지 모른 채 유유자적하는 경우는 쉽게 찾는다.

경 씨는 후자였다.

사태의 심각성을 모른 채 낮부터 술이나 자시다가 정지호의 동생들에게 잡혔다.

정지호가 사람을 푼 지 단 세 시간 만에 벌어진 일이었다.

정지호는 잡혀 온 경 씨를 무섭게 족쳤다.

그러자 그의 입에서 윗선이 누구인지 술술 흘러나왔다.

경 씨는 피라미 중의 피라미였다.

깡다구도 없고 의리도 없는 양아치였다.

그래서 자기 살겠다고 바로 이빨을 털어댔다.

경 씨가 분 윗선은 태용선이라는 사람이었다.

그가 누구인지는 정지호도 익히 알고 있었다.

정지호가 잠실을 먹기 전, 그 바닥에서 마약 밀매를 하던 브로커였다.

정지호는 잠실을 손에 넣은 뒤, 그 지역 안에서의 마약 거래를 엄중히 금했다.

따라서 태용선도 조용히 사라졌었다.

그런데 그 인간이 홍대로 터를 옮겨 약을 팔고 있었던 것이다.

정지호는 직접 태용선을 잡으러 갔다.

그가 정보망을 가동하자 태용선이 어디에서 뭘 하고 있는지 쉽게 파악됐다.

하지만 그때쯤엔 태용선도 낌새를 채고 도망을 치는 중이었다.

무언가 복잡한 일이 터졌을 때 태용선은 아무도 모르는 자기만의 은신처로 숨어들고는 했다.

이번에도 은신처까지만 가면 만사 오케이였다.

그 바닥에서 몇 달 묵었다가 나오면 시끄럽던 상황도 정리될 것이라 판단했다.

그런데 태용선은 정지호의 기동력을 우습게 봤다. 그는 은신처로 향하던 와중 정지호에게 잡혔다.

정지호는 태용선을 폐공장으로 데려갔다.

그리고 의자에 앉혀 밧줄로 포박한 뒤 말했다.

"용선아. 지금부터 내가 묻는 말에 바로바로 대답해야 한다. 너, 양아림이라고 알지?"

"모르는데요."

브로커들은 고객에 대한 비밀 유지를 최우선으로 해야 한다.

그게 깨져 버리는 순간 이 바닥 장사는 다한 것이다.

태용선은 쉽사리 입을 열 생각이 없어 보였다.

"그래?"

정지호가 모르쇠로 일관하려는 태용선의 검지를 잡아 뒤로 꺾었다.

우드득!

"으아아아아악!"

이상한 모양으로 꺾인 손가락을 보며 태용선이 비명을 질렀다.

"생각날 때까지 나랑 놀아보자."

*   *   *

태용선은 결국 손가락 네 개가 부러진 뒤에야 양아림을 안다고 실토했다.

여태껏 그와 수차례 약을 거래했으며, 양아림은 그 약을 자신이 하기도 하고, 남에게 팔기도 했다는 것이다.

'마약 흡입에 중간 유통까지 했으면… 콩밥 배부르게 먹겠네.'

이제 태용선이 해야 하는 일은 한 가지뿐이었다.

정지호는 태용선을 연이 있는 형사에게 넘겼다.

그의 자백이 담긴 육성 파일과 함께.

태용선은 이미 상황이 돌이킬 수 없는 방향으로 흘러갔음을 인지했다.

해서 형사에게 모든 사실을 있는 그대로 털어놓았다.

그래야 자신의 형이 조금이라도 가벼워질 수 있기 때문이다.

태용선 건을 처리한 정지호는 사람을 모아 당장 고지만의 사무실을 습격했다.

아무것도 모른 채 야식을 먹고 있다가 갑자기 들이닥친 정지호를 보고서 고지만이 눈을 부릅뜨며 물었다.

"너 뭐야, 이 새끼야!"

그에 정지호가 거침없이 대답했다.

"나 잠실 정지호다."

잠실의 정지호라는 말을 듣는 순간 고지만의 기세가 팍 꺾였다.

그에 대한 소문은 익히 들어 알고 있었다.

독종 중의 독종.

한 번 물면 놓지 않고, 발 담근 나와바리는 어떻게든 자기 걸로 만들어 버린다는 인간.

하지만 그보다 더 유명한 건 여태껏 정지호와 일대일로 붙어서 그를 이긴 사람이 없었다는 사실이었다.

그런 정지호가 왜 자신의 사무실을 습격한 건지 모를 영문이었다.

양아림은 고지만에게 정이율의 형이 정지호라는 말을 하지 않았다.

고지만이 딱딱하게 굳어서 눈만 데굴데굴 굴렸다.

그런 고지만에게 정지호가 말했다.

"일단 꿇어."

*　　　　*　　　　*

양아림은 앞으로 자신에게 닥쳐올 일에 대해서 알지 못한 채 소속사 관계자들과 술을 기울이고 있었다.

그는 곧 연예계로 복귀할 수 있을 거라는 꿈에 부풀어 한창 신이 났다.

그가 모르는 곳에서 어떤 일이 벌어지는지도 모른 채.

즐겁게 술잔만 부지런히 움직였다.

*　　　　*　　　　*

토요일 오후.

김두찬은 평소처럼 작업실에 나가 더 사가를 집필하는 중이었다.

그러다 문득 이틀 전 주로미의 진심도로 얻게 된 증강핵 하나가 떠올랐다.

'아, 이것도 투자를 해야지.'

김두찬이 상태창을 열었다.

'어디가 좋을까.'

일전에 얻었던 증강핵은 A랭크를 S랭크로 올리는 데 투자했었다.

신중하지 못한 행동이었다.

이왕이면 포인트가 많이 소모되는 S랭크에 올려 SS랭크로 만드는 게 이득이다.

김두찬은 S랭크인 능력치들을 살폈다.

얼굴. 몸매. 체력. 불취. 매혹. 자각몽. 상상력. 행운. 문장력.

그중에서 지금 김두찬에게 가장 필요한 능력은 역시 스토리텔링이었다.

글 밥을 먹고 사는 작가에게 스토리텔링만큼 중요한 건 또 없었다.

문장력이나 상상력, 모두 중요하긴 하지만 스토리텔링보다는 아니었다.

'증강핵을 스토리텔링에 투자하겠어.'

김두찬이 증강핵을 투자하자마자 시스템 메시지가 나타났다.

[스토리텔링의 랭크가 SS로 업그레이드됐습니다. 랭크 업 특전이 주어집니다. '이야기'를 얻게 됩니다.]

'이야기?'
김두찬이 새로 얻은 능력을 자세히 살폈다.

[이야기─패시브 스킬. 어떠한 것을 소재로 삼아도 재미있는 이야기를 즉석에서 만들어낼 수 있게 됩니다.]

'어…….'
김두찬은 이야기라는 스킬의 설명을 보고 나서 할 말을 잃었다.
지금까지 얻은 능력들도 사기였지만 이건 사기 중의 사기였다.
게다가 패시브.
김두찬은 능력을 사용해 보기 위해 당장 눈에 보이는 키보드를 소재로 삼았다.
그리고 이야기를 만들고 싶다는 의지를 일으키자마자 그동안 상상도 못 했던 기막힌 시놉시스가 탄생했다.
"허."

저도 모르게 탄성을 내뱉은 김두찬이 이번엔 자신의 손가락을 소재로 잡았다.

그러자 또 다른 시놉시스가 거짓말처럼 완성됐다.

독특하고 신선한 데다 재미까지 있는 내용의 시놉시스가 말이다.

'혹시 이런 것도 될까?'

김두찬은 이번엔 사물이 아닌 자신의 감정을 소재로 잡았다.

지금 그가 느끼고 있는 놀라움에 집중하자마자 세 번째 시놉시스가 바로 만들어졌다.

새롭게 재미있는 이야기들이 화수분처럼 만들어졌다.

이 능력이라면 평생 이야깃거리가 마를 일은 없을 터!

김두찬은 환희에 가득 차서 만세라도 부르고 싶은 걸 겨우 참았다.

그가 방금 전 떠오른 시놉시스들을 빠르게 워드 프로그램에 옮겨 적었다.

이 세 개의 시놉시스로 책을 내면 세 가지 이야기 다 상당히 괜찮은 성적을 낼 것 같았다.

안 그래도 슬슬 장르소설 말고 일반 소설을 집필해야겠다 생각하던 참에 꿀 같은 능력을 얻게 되었다.

김두찬은 이번엔 무엇으로 소재를 잡을까 궁리했다.

한데 그때.

지이이이잉—

정지호에게서 전화가 왔다.

김두찬이 얼른 전화를 받았다.

"네, 정지호 님."

—김 작가님. 이쪽 일 해결했습니다.

"벌써요?"

정지호가 나서겠다고 한 지 하루밖에 지나지 않았다.

그런데 벌써 일을 해결했다고 하니 김두찬이 놀라는 것도 당연했다.

—이삼 일 내로 재미있는 기사 뜰 겁니다. 그 무렵엔 양아림 그 새끼 손목에 은팔찌 채워져 있을 거고.

"일 처리가 빠르시네요."

—늘 하던 일이었으니 굼뜨면 그게 이상한 거 아니겠습니까? 아, 그런데 뭐 하나 물어봅시다.

"얼마든지요."

—연예IN 사이트에 올라온 그 글. 작가님이 작성한 거죠?

김두찬은 순순히 수긍했다.

"읽어보셨나요?"

—네.

"어떻던가요."

스마트폰에서 정지호의 작은 웃음소리가 들렸다.

이어 정지호가 짤막한 감상을 던졌다.

—명필이더군요. 고맙수다.

"늘 하던 일이니까요."

—하하하! 이거 참, 알면 알수록 매력적인 양반이네. 김 작가님, 이번 양아림 사건 끝나면 둘이서 한번 봅시다. 내가 그쪽한테 꼭 해야 할 말이 있어서 그러는데.

"저야 좋죠."

—그래요. 그럼 난 개새끼 마저 사냥하러 갑니다. 끊습니다.

정지호와의 통화가 끝나고 난 뒤, 김두찬은 빙그레 미소 지었다.

정지호가 무슨 말을 하려 할지, 이미 예상이 되는 김두찬이었다.

*   *   *

2017년 10월 15일, 일요일.

양아림의 복귀 초읽기가 시작됐다.

오늘은 양아림이 주연으로 출연해 크게 흥행시킨 뮤지컬, '춘천 놈들'의 마지막 공연이 있는 날이다.

양아림은 그것을 끝으로 무대 바닥을 떠나고자 했다.

'이제 두 번 다시 공연 뛰지 않는다.'

더욱 화려한 스포트라이트를 받을 수 있는 곳.

더 많은 이들이 자신에게 열광할 수 있는 무대.

양아림에게는 그것이 필요했다.

소속사에서는 양아림의 바람대로 일을 차근차근 진행했다.

덕분에 요즘 가장 화제에 오르내리고 있는 '초콜릿'이란 드라마에 주연으로 캐스팅되었다.

초콜릿은 허지나 작가의 로맨스 데뷔작을 드라마화한 것이다.

허지나 작가가 누구인가.

19살의 나이로 신춘문예에서 대상을 받으며 데뷔한 이후 돌연 로맨스 쪽으로 글의 방향을 틀더니 이후부터 공전의 히트작만 줄줄이 뽑아내고 있는 최고의 로맨스 작가다.

요즘은 그녀의 아성을 주화란 작가가 위협하고 있으나 그래도 여왕의 자리를 공고히 하고 있었다.

아무튼 초콜릿은 허지나 작가의 데뷔작임에도 드라마와 연이 없었다.

그러다가 이번에 드라마화 결정이 났고, 주연으로 양아림이 낙점된 것이다.

양아림의 소속사, 파이팅 엔터테인먼트에서는 이 소식을 연일 이곳저곳에다 뿌리기 바빴다.

파이팅 엔터테인먼트는 최순관이라는 사람이 대표로 앉아 있는 곳이었다.

최순관은 몇 달 전, 한정식 집 혜인정에서 정태산과 김두찬을 만난 적이 있었다.

당시 술에 취해 안하무인격으로 행동하던 것을 김두찬이 제압했었다.

본래 주먹패 출신인 최순관은 연예인 보디가드 회사를 차린 다음, 그것을 키워 엔터테인먼트로 만들었다.

초반에는 승승장구하며 잘나갔다.

그런데 연예인들에 대한 대우나 관리가 영 엉망이었다.

처음에는 무엇이든 해줄 것처럼 굴다가 도장을 찍고 나면 노예처럼 부렸다.

그러다 보니 연예인들이 떠나가고 나중에는 개털이 됐다.

몇 달 전까지만 해도 이제 재기는 불가능하다고 여겼다.

때문에 마음이 좋지 않아 술을 거하게 자시고서 김두찬 일행에게 시비를 걸고 만 것이다.

한데 네 달 전.

기사회생의 빛 한 줄기가 그를 비췄다.

요즘 연극 바닥에서 명실상부 티켓 파워 1위라고 일컬어지는 양아림이 최순관을 찾아온 것이다.

그러고서는 느닷없이 계약에 관한 얘기를 꺼냈다.

최순관은 이 인간이 왜 다른 거대 기획사를 마다하고 자신에게 온 것인지 의아했다.

조금만 머리를 굴려보니 답은 간단히 나왔다.

다른 기획사 어디에서도 양아림에게 러브콜을 보내지 않았던 것이다.

최순관도 양아림에 대해 은밀히 돌고 있는 소문에 대해서는 알고 있었다.

당시 양아림을 케어하던 소속사에서는 그를 컨트롤하기가 너무 힘들었다고 한다.

연예계에 처음 발을 들여놓았을 때는 순한 양처럼 말을 잘 듣던 그였다.

한데 조금 뜨고 나니 건방이 하늘을 찔렀다.

그의 뼛속 깊은 곳까지 묻어 있는 양아치 기질이 돈과 명예를 쥐게 되자 슬그머니 고개를 든 것이다.

매니저에게 폭언과 폭행을 일삼는 건 기본이었다.

드라마 조연으로 발탁되었을 때는, 괜한 게으름을 피우며 밥 먹듯이 지각을 했다.

하지만 그는 자신의 늦장으로 벌어진 일을 전부 매니저 탓으로 돌렸다.

사람들에게 매니저를 모함하고 음해했다.

때문에 동료 연예인들은 정말 매니저가 일을 잘 못하는 것이라 생각했었다.

배우들 사이에서는 양아림의 이미지가 어땠을지 몰라도 소속사와 매니저들 사이에선 이미 개새끼로 악명이 자자했다.

그러다 영화 주연에서 빠졌고, 이후로 맡는 작품마다 연이은 흥행 참패를 하며 말아먹었다.

결과적으로 소속사에서는 그와의 계약을 연장하지 않았다.

결국 양아림은 연극 바닥에서 외로운 투쟁을 하며 다시 자기 이름값을 높여 나갔다.

하지만 어느 소속사에서도 그에게 러브콜을 보내지 않았다.

그의 악명에 대해서 이미 들어 알고 있기 때문이다.

괜히 돈 좀 벌려다가 그 몇 배로 골치 아픈 일을 겪게 될 것이 뻔한데 누가 덤벼들겠는가.

그러던 차에 양아림이 최순관을 찾아온 것이다.

양아림은 파이팅 엔터테인먼트의 상황을 잘 알고 있었다.

최순관 역시 마찬가지로 양아림이 어떤 입장인지 알던 터였다.

두 사람은 이해관계가 맞았다.

해서 둘은 손을 잡았고, 네 달 전부터 파트너로 발맞추어 움직였다.

끼리끼리 어울린다고 했던가?

양아림은 그전 다른 연예인들보다 최순관과 쿵짝이 더 잘 맞았다.

두 사람은 툭 하면 밤에 만나 술잔을 기울였다.

그러면서 앞으로의 꿈에 대해 그려 나갔다.

입으로는 평생 함께 가자고 떠들어댔지만 둘 다 품고 있는 생각은 달랐다.

최순관은 양아림을 굴릴 대로 굴려 버린 뒤, 버릴 셈이었다.

어차피 질 나쁜 양아치, 오래 데리고 있을 마음은 없었다.

품고 있어봐야 어디 가서 어떤 문제를 일으킬지 모른다.

그전에 최대한 빨아먹고 버리는 게 득이었다.

양아림 역시 파이팅 엔터테인먼트를 연예계 복귀를 위한 디딤돌 정도로만 생각했다.

그렇게 동상이몽하며 두 사람은 서로에게 겨눈 칼을 숨긴 채 하루하루를 이어나갔다.

드디어 내일.

양아림은 이미 계약을 끝낸 드라마의 사전 미팅을 하러 간다.

그 생각에 힘이 부쩍부쩍 났다.

마지막 공연도 다른 때보다 열정적으로 마무리했다.

땀에 푹 젖은 몸을 화장실에서 대충 씻어냈다.

분장도 깔끔하게 지웠다.

마지막으로 옷까지 갈아입고 개운하게 밖에 나오니 함께 연기한 배우들이 다가와 그의 노고를 치하했다.

"아림아, 고생 많았다."

"형이 더 고생했죠."

"이제 끝이라니… 시원섭섭하네. 아림이는 내일부터 드라마 때문에 정신 없겠다."

"네."

"오늘의 아쉬움을 술잔에 묻으러 가자. 다들 이동합시다!"

연기자들 중 가장 나이가 많은 장노영이 기분 좋게 외쳤다.

모두가 박수를 치며 공연장을 빠져나가려는데 양아림이 재를 뿌렸다.

"저는 빠질게요."

"뭐? 왜?"

"앞으로 더 얼굴 볼 일 없을 텐데, 의미 없잖아요."

"…너 지금 뭐라 그랬어?"

"미안합니다. 소속사 대표랑 약속 있어서 가볼게요. 그동안 잘 놀았습니다."

양아림이 씩 웃더니 고개를 까딱해 보이고서 먼저 극장을 나섰다.

그 안하무인격 행동에 단원과 스태프들이 전부 충격을 먹었다.

"쟤… 왜 저래? 어디 아파? 공연 중에 머리라도 다쳤대?"

여배우 한 명이 놀라서 몸을 덜덜 떨며 물었다.

"아니, 조금 건방지긴 해도 이 정도는 아니었는데."

"이 싸가지 없는 새끼를!"

장노영이 당장 양아림을 잡아오려 했다.

그런 그를 다른 배우들이 막아서서 말렸다.

"형. 좋은 날, 이런 일로 기분 잡치지 맙시다."

"맞아요. 뭔가 다른 사정이 있겠지. 아림이한테는 내일 전화해서 내가 자초지종 물어볼게요. 이유가 있을 거야. 내가 책임지고 모두한테 사과 전화 돌리도록 만들 테니까, 오늘은 여기까지."

"그래요. 기분 좋게 마무리해요, 선배님."

모두가 자신을 말리니 장노영도 더 어떻게 할 수가 없었다.

아울러 동생과 후배들 말마따나 좋은 날 기분 잡치기도 싫었다.

"후, 그래, 소주 빨러 가자."

결국 춘천 놈들 연극팀은 주연 한 명이 빠진 채 마지막 뒤풀이를 하게 되었다.

＊　　　＊　　　＊

양아림은 최순관과 단골 룸에서 여자를 끼고 양주에 젖어 가는 중이었다.

두 사람은 모두 내일부터 시작될 핑크빛 인생에 기분이 들떴다.

"순관이 형!"

양아림은 사적인 자리에서 최순관을 형이라 불렀다.

"뭐 인마!"

"오늘로 이 구질구질한 연극 바닥도 끝이야! 나, 멀리 나간다. 나, 용이야, 용! 땅이 아니라 하늘에서 놀아야 하는 놈이라고!"

"알아, 새끼야. 내가 너 제대로 서포트해 줄게. 형 믿지?"

"말이라고."

둘은 낄낄대며 술잔을 나눴다.

기분도 좋고 일도 잘 풀리고 세상 부러울 게 없는 하루였다.

아니, 그런 하루가 될 뻔했다.

쾅!

갑자기 룸의 문이 열리며 사나운 인상의 사내 둘이 들이닥쳤다.

그러자 놀란 네 쌍의 눈이 그들에게 향했다.

최순관은 예고도 없이 들이닥친 불청객을 보자마자 뒷골이 띵해졌다.

주먹 밥 먹고 살던 시절 몇 번이나 이와 비슷한 경험을 해왔던 그였다.

'형사들이 왜?'

최순관이 사태를 파악할 겨를도 없이 형사 중 한 명이 말했다.

"아가씨들은 나가시고."

여자들이 후다닥 룸을 나가자 방금 말을 한 형사가 다가와 양아림의 팔목에 수갑을 채웠다.

"뭐야? 왜 이래요?"

"양아림 씨, 맞죠?"

"왜 이러냐고!"

"마약 복용 및, 중간 유통을 하였고 조직폭력배 고지만과 작당해서 무고한 사람에게 강제로 사채를 끌어 쓰게 하셨습니다. 게다가 그 돈을 강제로 갈취해 간 사실까지 접수되었어요. 양아림 씨는 묵비권을 행사할 수 있고, 모든 발언은 법정에서 불리하게 작용할 수 있으며 변호인을 선임할 권리가 있습니다."

"이거 놔! 놔, 씨발!"

"욕하지 말고, 개새끼야."

"내가 그랬다는 증거 있어? 증인 있냐고!"

"마약 브로커 태용선이랑 사채하는 고지만이가 전부 증언했으니까 얌전히 따라와라. 구속영장도 나왔다."

형사가 품 안에서 구속영장을 꺼내 양아림의 코앞에 들이밀었다.

"아니야… 아니에요. 형사님. 저 아니에요. 그 새끼들이 거짓말한 겁니다. 저, 진짜 그런 거 안 했습니다."

"그런 얘기는 법정 가서 하고. 우리는 증거 증인 명확하게 잡았으니까 할 일 해야지. 나라의 녹을 먹는 입장인데 업무 태만해서 되겠어? 사람 애먹이지 말고 얌전히 가자."

그렇게 말을 하는 형사의 눈빛이 사나워졌다.

술이 확 깨버린 양아림은 찍소리도 못하고서 바들바들 떨었다.

형사가 그런 양아림을 끌고 밖으로 나가다가 최순관을 힐끔 바라봤다.

"최순관 맞지? 이태원 뒷골목에서 양아치 짓거리 하고 돌아다니던 놈. 많이 컸더라."

"저… 아세요?"

"8년 전에 너 잡아넣었던 분이 내 선배다. 요새 파이팅 엔터 영 좋지 않다던데. 조심해라. 범법 행위 저질러서 다시 보게 되면, 인생 많이 피곤해질 거다."

그 말을 끝으로 형사들은 룸을 나섰다.

룸에 홀로 남은 최순관은 온몸에 힘이 풀려 소파 위에 축 늘어졌다.

"이런 젠장할……."

양아림으로 파이팅 엔터테인먼트를 되살려 보고자 했던 꿈이 날아갔다.

아니, 이제는 끝이었다.

양아림이 정말 형사가 말했던 그 모든 죄와 연루되어 있다면 가뜩이나 별로였던 파이팅 엔터의 이미지는 걸레짝이 되고 만다.

그의 구세주일 것이라 생각했던 양아림은, 파이팅 엔터의 숨통을 끊어버리는 저승사자였다.

*　　　*　　　*

월요일 아침, 대학교로 향하는 밴 안에서 김두찬은 인터넷 기사들을 보느라 바빴다.

인터넷에서는 어제 터진 양아림 사건으로 시끄러웠다.

양아림은 밤새 이어진 경찰의 심문에서 자신의 모든 죄를 인정했다.

그는 마약 복용 및, 중간 도매를 자행했다.

아울러 사채업자 무리와 손을 잡고 선량한 시민에게 강제로 사채를 사용하게 만들었다.

물론 그 선량한 시민이 정이율이라는 사실은 방송에 나가지 않았다.

그로 인해 양아림의 드라마 출연은 무산되었다.

당연히 양아림으로 인해 촬영 일정에 지장이 생긴 드라마 제작사에서도 가만히 있지 않았다.

제작사 측은 양아림에게 위약금은 물론 이미지 타격과 촬영 지체에 대한 피해 보상 금액을 소송했다.

아울러 정이율 역시 양아림에게 소송 걸 준비를 하고 있었다.

그에게 약점이 있었을 땐 속절없이 당했지만, 약점이 사라진 정이율은 다시 냉철하고 똑똑한 사람으로 돌아와 있었다.

그는 평소 연이 있던 변호사에게 연락을 해 차근차근 소송을 위한 자료와 증거들을 모아 나갔다.

자신이 지은 죗값으로도 무거운 형이 달릴 판국에, 여기저기서 소송을 받게 되었으니 양아림은 머리가 터질 지경이었다.

어제까지만 해도 연예계를 멋지게 누릴 꿈에 부풀어 있었다.

그런데 막상 그의 눈앞에 닥친 현실은 시궁창이었다.

"아니야… 이건 아니야… 내가… 이렇게……."

양아림은 자신을 가둔 차가운 철창 안에서 절망에 빠져 허우적댔다.

*　　　*　　　*

점심나절.

김두찬은 작업실로 찾아온 정지호와 따로 밖에 나가 식사를 했다.

국밥 한 그릇씩을 배불리 비운 뒤, 정지호가 이를 쑤시며 김두찬에게 말했다.

"이율이도 소송 준비하고 있는 모양입니다."

"그 이후로 찾아가 보지 못했는데, 좀 괜찮아요?"

"그놈, 형제들 생각하는 마음이 각별해서 그걸 약점으로 잡혀 버리면 아무것도 못 해요. 그런데 지금은 다시 살아나서 쌩쌩합니다."

"그렇군요."

김두찬은 일정이 바빠 직접 정이율을 직접 문안 가지 못했다.

해서 오늘이나 전화부터 한번 해볼까 하던 와중이었다.

김두찬은 다른 것보다 정이율의 피 속에서 마약 성분이 검출되는 게 아닌지가 가장 걱정이었다.

한데 거기에 대한 근심을 로나가 씻어주었다.

─치료의 힘은 몸 안에 있는 어떠한 독극물도 전부 없애 버린답니다. 마약 역시 외부에서 침입한 독으로 치부하죠.

말인 즉, 김두찬이 정이율을 치료했을 때 살서제와 함께 마약 성분까지 전부 몰아냈다는 얘기다.

'그걸 왜 이제 말해줬어?'

김두찬이 기쁘기도 하고 애태웠던 게 억울하기도 해 추궁했다.

그에 로나는 대수롭지 않다는 듯 답했다.

─두찬 님이 저한테 직접 물어보지 않았답니다. 지금은 혼자 끙끙 앓는 게 너무 안되어 보여서 말해준 거랍니다.

'하여튼.'

악취미라는 말은 굳이 내뱉지 않았다.

어찌 되었든 정이율이 아무런 불이익도 받지 않게 된 것만으로 좋았다.

다행스러운 마음에 김두찬의 얼굴에 절로 미소가 어렸다.

이를 보고 있던 정지호가 한마디를 툭 던졌다.

"뭐가 그렇게 좋아요?"

"아… 잠깐 딴생각 좀 했어요. 아무튼 일이 잘 해결돼서 다행이네요."

"근데 작가님. 만약에 이런 상황이 터졌는데 내가 없었다면. 그럼 어떻게 할 생각이었습니까?"

정지호가 대단히 궁금하다는 듯 물었다.

김두찬은 뜸들이지 않고 바로 입을 열었다.

"내가 나섰겠죠."

"그쪽에 인맥도 없고 주먹도 못 쓰는 양반이?"

"어떤 식으로든 나서서 해결했을 거예요."

그 말은 허세가 아니었다.

김두찬이라면 정말 그렇게 했을 것이라는 느낌이 정지호에게 확연히 다가왔다.

"하하, 정말이지… 그런데 작가님, 앞으로는 그럴 필요 없습니다."

"네?"

"누구든 작가님이나 주변에 소중한 사람들 건드리는 인간 있으면 언제든지 말만 해요."

정지호가 몸을 일으키며 수트 안주머니에서 지갑을 꺼냈다.

"작가님은 꽃길만 걸으세요. 똥물엔 내가 발 담급니다."

"그쪽이 왜요?"

그 물음에 정지호가 픽 웃고서 대답했다.

"난 남자니까."

그러고는 지갑에서 만 원짜리 한 장을 꺼내 테이블에 올려 놨다.

"여기 내가 내는 겁니다."

정지호는 김두찬이 무슨 말을 더 하기도 전에 성큼성큼 걸어 식당을 나섰다.

김두찬은 미소 지으며 테이블에 놓인 만 원을 주워 들고서는 나직이 읊조렸다.

"여기 한 그릇에 6,000원인데……."

남자라며?

Liking 76

갑의 공모전

양아림 사건은 대한민국을 발칵 뒤집어놓았다.

대중들 앞에 배우로 선다는 사람이 마약 복용에 중간 유통까지 맡고 있었다는 사실 하나만으로도 이는 중죄에 해당한다.

당장 연예계에서 퇴출당해도 이상할 게 없었다.

한데 사채 조직 우두머리와 친분이 있는 데다가 그와 작당을 해서 선량한 시민에게 강제로 사채 빚을 지게 만들었다.

이것은 엄연한 협박죄와 사기죄에 해당하는 항목이다.

아울러 빌려준 사채 돈을 다시 훔쳐 빼돌리는 짓까지 자행했다.

절도다.

양아림은 결국 수많은 국민들의 질타를 받게 됐다.

여기저기서 양아림 같은 인간이 다시 복귀하지 못하도록 목소리를 높였다.

안티 카페가 우후죽순 생겨났다.

그들은 한데 힘을 모아 양아림의 연예계 복귀 불허에 대한 서명 운동을 벌였다.

아울러 위법 행위를 한 대상이 연예인일 경우 이상하게 가벼워지는 솜방망이 처벌에 대해서도 경계했다.

때문에 엄중하고 무거운 법의 잣대로 판결하지 않으면 국민들이 단체로 들고 일어날 판이었다.

결과적으로 양아림은 모든 국민의 감시 속에 빠져나갈 구멍이 사라져 버렸다.

아울러 양아림으로 인해 두 개의 단체가 큰 피해를 봤다.

우선적으로 꼽을 수 있는 건 파이팅 엔터테인먼트였다.

졸지에 범죄자를 이미지 세탁해서 연예계에 복귀시키려 했다는 말을 듣게 된 파이팅 엔터테인먼트는 그대로 무너졌다.

최순관이 양아림만 바라보며 그에게 퍼부었던 돈은 전부 공중분해되었다.

최후의 보루였던 양아림이 날아가자 최순관의 희망도 날아갔다.

파이팅 엔터테인먼트는 이제 재기불능이 됐다.

최순관은 양아림이 잡혀간 이후부터 멘탈이 터져 아무것도 하지 못했다.

두 번째로 피해를 입은 건 드라마 제작사였다.

허지나 작가의 데뷔작을 드라마화한 '초콜릿'은 양아림을 주연으로 낙점했던 상황이었다.

이미 다른 배역들도 전부 계약이 끝난 상태에서 양아림의 연극 '춘천 놈들'의 막공을 기다리고 있었다.

그의 막공 시점에 맞춰 바로 촬영에 들어갈 예정이었기 때문이다.

한데 그가 하차하게 되는 바람에 당장 촬영이 어려워졌다.

주연을 급하게 다시 뽑는다고 해도 세부적인 사항을 조율하다 보면 계약서에 도장을 찍는 데 보름은 족히 걸린다.

그에 초콜릿이 주춤하는 사이, 주화란의 처녀작 '로맨스가 없는 하루'의 드라마 제작이 시작됐다.

드라마에 캐스팅된 배우들은 하나같이 흥행 파워가 있는 이들이었다.

배우들 라인업 못지않게 메가폰을 잡은 감독도 대단한 사람이었다.

근 5년 동안 그가 잡은 작품들은 모두 20퍼센트 이상의 시

청률을 자랑했다.

그런 뛰어난 이들이 주화란의 작품을 드라마로 만들기 위해 뭉쳤다.

덕분에 주화란은 요즘 하루하루가 꿈만 같았다.

*　　　*　　　*

10월 17일, 화요일 오후.

김두찬의 작업실은 주화란과 채소다의 키보드 소리로 가득했다.

김두찬은 잠시 집필을 멈추고서 선우동과 통화를 하는 중이었다.

"그런가요? 네, 알겠습니다. 신경 써주셔서 감사해요. 하하, 좋죠. 조만간 찾아뵐 테니 사장님이랑 술 한잔해요. 네. 들어가세요."

김두찬이 전화를 끊자마자 채소다가 물었다.

"선우 이사님?"

"네."

"왜?"

"숫자 이야기, 오늘 배본됐대요."

숫자 이야기는 김두찬과 서로아가 두 번째로 합작을 한 동화였다.

어른과 아이가 함께 즐길 수 있는 청도의 꿈과 달리, 이번 엔 철저히 어린이들의 눈높이에 맞춘 교육용 동화였다.

이미 청도의 꿈이 초대박을 치는 바람에 숫자 이야기는 초 판만 7,000부를 찍게 되었다.

때문에 김두찬은 기분이 좋았다.

동화책이 잘나갈수록 서로아에게 돌아가는 몫도 커질 테니 말이다.

생각이 난 김에 김두찬은 조선호에게 전화를 걸었다.

이미 선우동이 조선호에게 먼저 소식을 전한 터라, 그도 오 늘 책이 배본됐다는 걸 알고 있었다.

─우리 로아 그림 실력이 두찬 청년 멋진 글에 누가 될까 봐서 늘 노심초사해요.

조선호는 늘 김두찬에게 고맙고 미안한 마음만 가득했다.

백혈병에 걸렸던 서로아가 건강해져서 이렇게 행복한 나날 을 누리게 된 건 김두찬의 덕이 가장 컸으니 당연했다.

"로아, 잘 지내고 있죠?"

─그럼요. 아무 탈 없이 잘 지내고 있어요.

"혹시 로아 옆에 있나요?"

─아이고, 어쩌죠. 지금 로아가 CF 촬영 가는 바람에 집에 나 혼자 있어요.

"CF요?"

—네. 매니저님이 와서 아침 일찍 데리고 갔어요. 나도 따라가서 로아 돌봐주겠다고 했는데, 로아가 극구 말렸어요. 혼자서도 잘할 수 있으니까 할아버지는 집에서 푹 쉬라더군요.

"우리 로아가 속이 정말 깊네요."

—너무 빨리 조숙해지는 것 같아서 마음이 좋지만은 않아요. 허허.

남이 볼 때야 조숙해서 똘똘해 보이지만 외할아버지 입장에서는 또래 애들답지 않은 모습이 안쓰러울 따름이었다.

김두찬도 이를 이해하기에 다른 쪽으로 말을 돌렸다.

"그나저나 그럼 로아가 벌써 CF를 다섯 개나 찍은 거네요?"

—크고 작은 거 다 합하면 그렇게 되겠네요. 허허허.

서로아는 8월 중순경 아이키 엔터테인먼트와 계약을 했다.

이후로 소속사의 케어를 받으며 두 달간 무려 다섯 개의 CF를 찍게 됐다.

역경을 이겨내고 동화 작가로 데뷔한 소녀의 이미지가 많은 사람들에게 호감으로 다가가기에 가능한 현상이었다.

서로아에게 CF가 계속해서 몰리니 아이키 엔터테인먼트에서도 그 아이를 더욱 신경 써서 케어하는 중이었다.

물론 갈수록 서로아의 몸값이 올라가는 것도 당연했다.

이래저래 김두찬을 만나고 난 다음부터 서로아의 앞에는

꽃밭이 펼쳐졌다.

조선호는 이 은혜를 어찌 다 갚아야 할지 몰랐다.

김두찬이 없었다면 지금의 행복한 서로아와 자신은 없었을 테니 말이다.

―두찬 학생. 조만간 몸보신할 거리라도 들고 작업실로 찾아갈게요.

"그러지 않으셔도 돼요, 어르신."

김두찬의 만류에도 조선호는 그래야 자신의 마음이 편할 것 같다며 막무가내였다.

결국 통화는 조선호가 근 시일 내 서로아를 데리고 찾아오는 것으로 마무리 지어졌다.

"기분이 어때? 응? 응?"

통화를 끝내고 나서 보니 채소다가 주화란의 옆구리를 찌르며 뭘 묻고 있었다.

"꺄하, 간지러."

"기분이 간지러?"

"아니, 그건 네가 옆구리 찔러서 그런 거고."

"그럼 어떤데?"

"좋지~ 내 작품 드라마화된다는데 누군들 안 좋아하겠어."

"언니, 계약금 얼마 받았었지?"

"그건 왜?"

"아직 한턱 안 냈으니까! 계약금 액수에 따라 고기의 질과 양도 달리 책정할 것이야!"

채소다가 갑자기 사극 톤으로 소리쳤다.

그런 채소다의 뒤로 귀신처럼 다가온 김두찬이 그녀의 양 옆구리를 쿡 찔렀다.

"꺄악!"

채소다가 자지러지며 비명을 질렀다.

"소다 누나, 주 작가님 그만 괴롭히고 어서 글 써요. 요즘 점점 집필 속도 느려지는 거 알죠?"

"히잉, 그래도 그렇지. 아직 시집도 못 간 처녀 옆구리를 그렇게 농락하고."

"누가 들으면 오해할 만한 얘기 하지 말아주세요."

채소다는 투덜거리면서도 자기 자리로 돌아갔다.

타타타타타탁!

그러고서는 언제 떠들었냐는 듯 신명 나게 키보드를 두들겨 댔다.

그 모습을 보며 주화란이 혀를 내둘렀다.

"정말… 장르가 달랐기에 망정이지."

"뭐가요?"

김두찬이 넌지시 물었다.

"소다요. 쟤 글 쓰는 거 보면 진짜 무섭다니까요. 속도하며,

집중력 하며… 게다가 심지어 엄청 재미있잖아요."

"주 작가님도 못지않아요."

"아닐걸요. 같은 장르에 있었으면 무조건 밀렸을 거예요."

김두찬은 긍정도 부정도 하지 않았다.

확실히 채소다는 무서운 재능을 가진 사람이다.

그녀의 글을 읽어보면 껍데기는 장르소설인데 그 안에 여러 가지 다른 장르가 적절히 섞여 있다는 느낌을 지울 수 없다.

판타지라고 해도 상황에 따라 그 안에 로맨스, 스릴러, 공포, 코믹 등등의 느낌이 섞이기도 한다.

채소다는 그 모든 장르의 분위기를 제대로 살려낼 줄 아는 사람이었다.

그런 그녀가 판타지 외에 다른 장르에도 욕심을 낸다면?

'어디서든 대파란을 일으키겠지.'

김두찬은 채소다가 충분히 그럴 만한 실력이 있다고 믿었다.

반면 주화란은 로맨스에 특화된 작가였다.

올라운더인 채소다와 가지고 태어난 특성 자체가 다르다.

때문에 채소다가 로맨스에 출사표를 던질 경우, 파란을 일으키긴 하겠으나 주화란을 잡기는 힘들다.

'어찌 되었든 둘 다 괴물이라는 건 부정할 수 없는 사실이야.'

방금 김두찬의 생각을 주화란과 채소다가 들었다면 사돈 남 말한다는 시선을 보냈을 것이다.

'그럼 나도 슬슬 시작해 볼까.'

김두찬은 얼마 전 이야기라는 능력을 얻었다.

그 능력을 사용하면 하루 만에도 수십 가지의 재미있는 이야기를 만들어낼 수 있었다.

물론 그렇다고 전부 다 시장에 먹힐 만한 얘기들만 나오는 건 아니었다.

김두찬이 꾸준히 사용해 본 결과 신선하고 독특하다는 공통점은 있었지만 그 안에 담긴 홍행성은 각각의 이야기마다 전부 달랐다.

하지만 상관없었다.

김두찬에게는 파악과 재구성의 능력이 있다.

그 힘을 사용하면 대중들에게 먹힐 이야기와 그렇지 않은 이야기를 얼마든지 가려낼 수 있었다.

김두찬이 자신의 컴퓨터 앞에 앉았다.

그리고 '시놉시스'라고 적힌 워드 파일을 켰다.

그 안에는 이틀 동안 수많은 소재로 만들어낸 시놉시스가 14개나 담겨 있었다.

그중에서도 무조건 홍행할 만한 이야기는 3개였다.

김두찬은 솎아낸 시놉시스를 따로 정리한 뒤, 손가락 마디를 꺾으며 상태창을 열었다.

'집필에 들어가기 전에 묵혀뒀던 것 좀 투자해 보자.'

그간 누적된 직접 포인트는 2,128, 간접 포인트는 5,000이었다.

간접 포인트는 F랭크를 A랭크로 업그레이드하는 데까지만 사용할 수 있다.

A랭크를 S랭크로 업그레이드하기 위해서는 직접 포인트를 사용해야 한다.

김두찬이 A랭크 이하의 능력들을 쭉 훑었다.

소매치기(C), 노래(B), 악력(B), 운전(D), 연기(B)가 전부였다.

'으음… 지금으로서는 딱히 올릴 만한 게 없는데.'

김두찬의 시선이 채소다와 주화란의 머리 위로 향했다.

두 사람 다 호감도는 100이었다.

진심도는 채소다가 8, 주화란이 9였다.

두 여인의 마음이 조금만 더 열리면 중강핵을 얻을 수 있을 터.

'아무튼 오늘은 꽝이네.'

딱히 포인트를 투자할 능력이 없었기에 김두찬은 상태창을 닫고 새 소설을 집필하려 했다.

그런데.

"김 작가님. 혹시 이거 보셨어요?"

주화란이 김두찬을 불렀다.

"뭔데요?"

김두찬의 자리는 주화란의 바로 옆이었다.

그가 고개만 옆으로 돌려 물었다.

"여기… 어떤 사이트에서 공모전 한다고 엄청 광고하던데, 혹시 보셨어요?"

김두찬의 시선이 주화란의 검지를 따라 컴퓨터 모니터로 향했다.

36인치의 커다란 모니터엔 올타입(All—Type)이란 사이트가 떠 있었다.

"올타입? 새로 생긴 장르소설 사이트인가요?"

"아뇨. 여긴 모든 장르의 글을 총망라하겠다는 취지더라고요. 그래서 공모전에 접수할 수 있는 글도 시와 수필 종류가 아니면 무엇이든 가능하다고 하네요."

말인 즉, 판타지, 무협, 퓨전, 로맨스, 일반 소설, 성인소설, 라이트 노벨 등등 어떠한 종류의 글도 공모전에 응모가 가능하다는 뜻이었다.

"그렇군요."

"한데… 이 사이트에서 공모전을 한답시고 광고하는 문구가 조금 걸려서요."

말을 하며 주화란이 공모전 관련 공지 글을 클릭했다.

그러자 맨 윗줄에 이런 문구가 나타났다.

—환상서의 톱 작가도 함부로 위를 노릴 수 없는 공모전이 시작됩니다.

환상서의 톱 작가.
그것은 김두찬을 두고 하는 말이었다.
조금 공격적이긴 하지만 화제성을 위해 자극적인 광고 문구를 노린 듯했다.
그 정도는 김두찬도 그냥 무시하고 넘어갈 수 있었다.
한데 거기서 끝이 아니었다.

—그들만의 리그는 끝났습니다. 우물 안에서는 보는 것이 전부라고 믿는 법입니다. 우리는 그 이상을 지향합니다.

광고를 보고 난 김두찬이 고개를 살짝 저었다.
"음… 너무 노골적인 데다 속보이는 광고네요."
"그렇죠? 그리고 누가 봐도 이건 김 작가님 두고 하는 얘기잖아요."
"그건 괜찮아요. 한데… 그것보다 환상서의 작가들을 전부 우물 안 개구리라고 말하는 게 언짢네요."
김두찬이 노골적으로 기분 나쁘다는 티를 냈다.

'또 태풍 치겠네.'

주화란은 몇 달 동안 김두찬의 작업실에서 함께 생활했다.

그 결과 김두찬을 이유 없이 건드렸던 자들의 말로가 어떤지 똑똑히 목격할 수 있었다.

김두찬에게 껄떡댔던 이들은 다들 지옥을 경험했다.

올타입이란 사이트가 과연 여기서 그칠지 아니면 김두찬을 더 자극할지 알 수 없었다.

하지만 지금의 분위기로 보아, 김두찬이 그냥 넘길 것 같지는 않았다.

그때 두 사람의 뒤에서 채소다의 목소리가 들려왔다.

"딱 보니까 그거네."

기척도 없이 다가온 채소다 때문에 깜짝 놀란 두 사람의 고개가 동시에 돌아갔다.

채소다는 손가락을 딱 튕기더니 안경을 치켜 올렸다.

"두찬이 언급해서 어그로 끌기! 그래서 두찬이가 반응하면 땡큐고, 안 해도 상관없고. 이미 누리꾼들 사이에서는 두찬이를 언급한 것만으로도 올타입의 공모전이 제법 이슈화되었을 테니까."

채소다의 말을 들으며 주화란이 턱을 어루만졌다.

"그런데 만에 하나 김 작가님이 어그로에 반응해서 어떠한 반응이라도 보인다면?"

"그걸 또 물고 늘어져서 더 이슈화시킨다!"

채소다가 주화란의 말을 이어받았다.

그러자 주화란이 다시 채소다의 말을 받아 이었다.

"그러다 화가 난 김 작가님이 공모전 참가해서 다 짓밟아 주겠다고 나서게 되면?"

"더더욱 공모전이 이슈화되니 사이트 광고도 하고 참가 인원도 늘리고 일석이조!"

"물론 김 작가님께서 1등을 해도 아무 상관없겠지."

"오히려 올타임 입장에서는 두찬이의 글을 자사 사이트에서 서비스하게 되니 개이득!"

공모전에 출품된 작품 중 당선작의 경우 그 출판권을 주최 측이 독점하게 된다.

때문에 김두찬의 작품은 상을 타는 순간 올타임을 먹여 살려주는 캐시 카우가 되는 셈이다.

김두찬이라는 이름 석 자는 이미 그만큼의 흥행 파워를 보장한다.

"결과적으로 김 작가님이 깔끔하게 무시해 버리는 쪽이 이득이라는 결론이네요."

주화란이 상황을 정리했다.

채소다도 두 눈을 크게 뜬 채 고개를 끄덕였다.

"응! 응!"

"근데 상금은 어마어마하네요."

드르륵. 드르륵.

주화란이 마우스 휠을 돌렸다.

그러자 공모전에 걸린 상금 내역이 보였다.

[총 상금 l0억원!]

대상 l명: 3억 원+권당 보장 인세 l,000만 원

우수상 3명: l억 원+권당 보장 인세 500만 원

장려상 6명: 5천만 원

입선 l0명: l천만 원

"1등한테 3억이나 준다고? 엄청 세다! 나 도전해 볼까?"

채소다의 눈이 튀어나올 듯 커졌다.

아직 인지도도 없는 신생 플랫폼에서 10억이나 되는 상금을 내걸다니!

게다가 10억은 순수 상금에 대한 부분일 뿐이었다.

대상과 우수상에게는 권당 보장 인세도 따로 지급된다고 되어 있었다.

이 정도면 파격적인 행보였다.

"아, 그런데 이런 식으로 뿌렸다가 수상작들의 판매 성적이 저조하면 손해가 막심할 텐데."

잠시 제정신을 차린 채소다가 혼잣말처럼 중얼댔다.

"그래서 저렇게 공격적인 마케팅을 펼치는 거야. 김 작가님을 에둘러서 언급하고, 환상서를 저격했잖아. 게다가 관련 기사들도 며칠 사이 어마어마하게 올라오고 있다는 거. 아마 생각보다 많은 사람들이 참여할걸?"

주화란의 말대로였다.

이미 환상서에서 제법 이름을 날리고 있는 작가 몇 명도 올타입에 가입을 완료한 상태였다.

워낙에 상금이 크다 보니 자연히 많은 이들의 관심을 끌 수밖에 없었다.

한데 기사들까지 올타입을 띄워주듯 하루에도 수십 개씩 올라오니 화제가 안 되는 게 더 이상할 일이었다.

뿐만 아니라 각종 거대 커뮤니티 사이트에도 꾸준히 올타입에 대한 이야기들이 퍼져 나가고 있었다.

재미있는 건 게시물을 퍼 나르는 유저들 대부분이 각 커뮤니티 사이트에 새로 가입한 신입이라는 사실이다.

한마디로 이건 올타입 측에서 사람을 부리고 있는 것이었다.

주화란에게 설명을 듣고 난 채소다가 다부지게 다물고 있던 입을 열었다.

"그렇구나. 그런데 신생 플랫폼에서 그럴 만한 여력이 되는 거야? 돈이 한두 푼 드는 게 아닐 텐데."

"확실히 큰돈이 들겠지만 그렇게 무리를 하는 건 아닐걸. 올타입을 만든 곳이 삼진 그룹이거든."

"삼진 그룹?!"

"응."

"…거기가 어디야?"

채소다는 거대 기업 같은 것에 전혀 관심이 없었다.

주화란은 살짝 당황해서 어물거리다가 대답해 줬다.

"어… 우리나라 10대 기업 중 하나라고 일컬어질 만큼 돈이 어마어마하게 많은 기업이야."

"우와, 거기 다니는 사람들도 돈 잘 벌겠네?"

"당연하지."

"고기도 많이 먹겠네?"

"…그건 알 수 없지."

오로지 모든 현상을 고기와 연관 짓는 채소다의 사고 회로가 주화란은 신기했다.

'삼진 그룹이라.'

한편, 김두찬은 골똘히 생각에 잠겼다.

말을 듣고 나서 보니 아띠 출판사의 민중식 사장에게 넌지시 지금 사태와 관련된 얘기를 들었던 적이 있었다.

삼진 그룹이 1년 전부터 이북(E-book) 시장을 잡아먹을 궁리를 하고 있다는 골자의 얘기였다.

민중식은 올해 말 즈음 삼진 그룹의 이북 플랫폼이 오픈할 것이라 예상했었다.

삼진 그룹이 막대한 이 사업에 막대한 돈을 들이고 있는 만큼 시장을 독식하기 위해 수단과 방법을 가리지 않을 것이라는 우려 또한 함께였다.

어떠한 시장이든 간에 자본을 기반으로 한 큰손의 독점은 위험한 법이다.

누군가가 독점을 하게 되었다는 건 다른 플랫폼이 전부 죽어버렸다는 말이다.

그렇게 되면 시장을 움켜쥐고 있는 거대 플랫폼은 절로 갑이 된다.

이것은 곧 갑의 일방적인 횡포로 이어진다.

어차피 우리 플랫폼 말고 다른 플랫폼에 가서 연재하기 힘들 테니, 시키는 대로 따라오라는 식이 되는 것이다.

민중식이 걱정하는 게 바로 그것이었다.

'그건 좋지 않아.'

김두찬 역시 그런 상황을 원치 않았다.

하지만 지금으로서는 딱히 막을 방법이 없었다.

김두찬 본인이 올타임에 가지 않는다고 해도 다른 작가들이 전부 몰려가 버리면 환상서의 기둥이 뽑혀 버린다.

환상서는 수많은 장르 작가들이 경합을 하고 양질의 작품들을 내놓기에 독자들이 몰리는 것이다.

김두찬이 원맨쇼를 해도 상당한 수익을 안겨주겠으나 끝끝내 환상서는 버티지 못하게 될 게 불보듯 뻔했다.

'그렇게 둘 수는 없어.'

올타임을 막을 방법이 필요했다.

그러기 위해 가장 좋은 것은 공모전을 엉망으로 만들어 버리는 것이다.

'참여하는 작가들의 수가 적으면 공모전은 자연히 망하는 건데, 문제는.'

김두찬의 시선이 채소다에게 향했다.

그녀는 모니터에 뜬 1등 상금에 시선을 고정하고서 침을 꿀꺽! 삼켰다.

아마 대부분의 작가들이 채소다처럼 상금에 홀렸을 게 분명했다.

주화란이 그런 채소다의 어깨를 쥐고 흔들었다.

"정신 차려, 소다야! 그게 다 이 사이트가 노리는 거라니까?"

"뭐 어때? 가만 생각해 보니까 저렇게 돈도 많이 준다는데 응모해서 상금 받으면 좋은 거 아니야? 우리가 저 사이트 관계자들이랑 원한 진 것도 없고."

"원한 진 건 없지만, 이건 삼진 그룹 쪽에서 시장을 독식하겠다는 것밖에 되지 않는 거니까."

주화란은 역시 사태를 제대로 파악하고 있었다.

그녀가 걱정스러운 시선을 김두찬에게 던졌다.

이를 담담하게 받아낸 김두찬이 나직이 말했다.

"일단은 조금 더 지켜보기로 하죠."

금방이라도 무슨 일을 벌일 것 같았던 김두찬은 의외로 순순히 관심을 거두었다.

타타타타탁.

그의 자리에서는 곧 키보드를 두들기는 소리만 들렸다.

하지만 평온해 보이는 겉모습과 달리 머릿속은 분주히 돌아가는 중이었다.

*　　　　*　　　　*

삼진 그룹의 회장 모진택은 간부 회의를 소집해 진행하는 중이었다.

삼진의 간부들 중에서도 엘리트 열 명만 추려 치러지는 이 회의는 비정기적으로, 모진택 회장이 열고 싶을 때 열리곤 했다.

회의 내내 간부들은 삼진 그룹의 미래와 전망, 투자 사업

등에 대해서 열심히 떠들어댔다.

그중에서도 모진택이 가장 관심을 가지고 있는 건 이북 시장이었다.

몇 년 전까지만 해도 이북 시장이 이토록 울창한 숲이 되리라고는 생각지 못했었다.

흥할 것이라는 전망은 있었으나 당초 예상했던 것의 몇 배 이상 큰 성장을 이루었다.

그러니 대기업들이 이 시장을 탐내는 것이야 두말할 필요가 없었다.

하지만 삼진 그룹처럼 독식할 생각은 하지 않았다.

이런 시장은 전문가들의 케어 속에 스스로 자생해 나가야 근간이 단단해진다는 걸 알고 있기 때문이다.

괜히 욕심이 나서 독식하려 들었다가 황금 알을 낳는 오리의 배를 가르는 경우가 생길 수도 있었다.

때문에 이북 시장의 큰 기둥에 붙어 가지를 펼쳐 나가며 꿀을 빠는 게 지금은 이득이라고 판단했다.

하지만 모진택은 자신감이 과했다.

삼진 그룹이라면 다른 기업들이 겁내는 일을 충분히 해낼 수 있을 것이라 믿었다.

그는 나뭇가지와, 거기서 열리는 열매만으로는 만족할 수 없었다.

이북 시장의 뿌리와 기둥을 손에 넣기를 원했다.

"올타입 공모전은 어찌 되어가고 있는가?"

회의 내내 입을 다물고 있던 모진택이 처음으로 목소리를 냈다.

그러자 회의장에 서늘한 기운이 몰아쳤다.

간부들은 찰나지간 얼음 동상처럼 굳었다.

모두의 시선이 모진택에게 향했다.

거대한 풍채에 속알머리가 날아가 휑했고, 주변 머리엔 서리가 내려 희끗희끗했다.

주름 가득한 얼굴과 손에는 검버섯이 잔뜩이었다.

남산처럼 나온 배는 의자에 앉아 있는 것조차 힘겨워 보이게 만들었다.

하지만 감히 모진택의 그런 외형적 단점을 꼬집을 수 있는 이는 아무도 없었다.

그는 삼진 그룹의 주인이기 때문이다.

모진택의 물음에 눈치만 살피던 간부들 중 한 명이 입을 열었다.

올타입 공모전을 책임지고 있는 소승원 이사였다.

"아, 문제없이 진행되고 있습니다. 인터넷 기사는 하루 기본 열 개 이상을 쏟아내는 중이고, 광고 배너를 달 수 있는 곳에 공격적으로 마케팅을 해봤습니다. 아울러 각종 커뮤니티에도 부지런히 퍼 나르는 중입니다. 이미 누리꾼들 사이에서는 올 타입 공모전 건이 연일 화제로 오르내리고 있습니다. 보다 정확하게 정리한 보고서는 회의가 끝나는 대로 올려 드리겠습니다."

소승원의 말에 모진택이 만족스러운 미소를 머금었다.

하지만 그는 또 다른 질문을 던졌다.

"한데… 김두찬이는 어떻게 됐나? 무엇보다 화제성이 있으려면 김두찬이를 움직여야 할 것 아닌가? 소 이사도 그리 말하지 않았나? 이 프로젝트의 가장 큰 성공은 김두찬이가 공모전에 참가하는 것이라고 말이야."

"그렇습니다."

담담한 척 대답했지만 소승원의 등줄기에서는 식은땀이 흐르는 중이었다.

다른 부분들은 생각했던 대로 돌아가고 있는데, 유일하게 김두찬만 마음대로 따라주지 않고 있었다.

"대답하는 꼬라지를 보니 상황이 영 탐탁찮은 모양이군. 공모전까지 이제 오 일밖에 남지 않았는데 이거 가능하겠냐고."

"제가 기필코 오 일 안에 어떻게든 수를 내서 김두찬 작가를……!"

"입 닥아!"

"……."

모진택의 호통에 소승원은 당장 고개를 푹 숙였다.

모진택의 기세가 너무 강렬해 죄송하다는 말도 차마 꺼낼
수가 없었다.

"그따위로 일 처리해서 삼진을 끌어나가겠어? 소 이사! 승원
아! 그래서 되겠느냐고!"

소승원이 테이블 아래로 밀어 넣은 두 주먹을 꽉 쥐었다.

그의 오른손에 들린 스마트폰이 파르르 떨렸다.

그때였다.

지이이잉—

짧은 진동과 함께 액정에 메시지 하나가 떴다.

올타입을 관리하는 부하 직원 중 한 명으로부터 온 것이었
다.

별생각 없이 이를 읽은 소승원의 표정이 밝아졌다.

그가 숙였던 고개를 번쩍 들고 말했다.

"회장님! 김두찬 작가가 올타입에 가입했답니다!"

10월 19일 목요일.

김두찬이 올타입에 가입해 공모전 등록을 했다는 사실은 넷상에서 빠르게 퍼져 나갔다.

물론 거기엔 올타입 관계자들의 공작이 있었다.

공모전까지 남은 시간은 사흘.

김두찬은 어제 하루 동안 공모전에 참여할 새로운 작품을 구상하고서 오늘부터 집필에 들어갔다.

다행히 오늘은 학교 강의가 오후에 한 과목밖에 없었다.

집필할 시간은 넉넉했다.

아침 일찍 일어나 작업실로 향한 김두찬은 오전 내내 열심히 새 소설을 써나갔다.

장르는 판타지.

제목은 '현대영웅전'이었다.

판타지 세계에서 마왕의 영혼을 육신에 봉인한 채 지구로 넘어오게 된 영웅의 이야기였다.

줄거리만 보자면 웅대하고 비장한 이야기 같지만 실상은 코믹 판타지였다.

시트콤, 혹은 일상물이라고 봐도 무방할 정도로 가벼운 이야기였다.

단 한 번도 이런 류의 글을 집필한 적 없는 김두찬이었기에, 그것은 새로운 도전이었다.

사실 위험한 도전이기도 했다.

가볍기 그지없는 일상물은 자극적이고 독특한 소재가 넘쳐나는 시장에서 그냥저냥 묻힐 가능성이 높았다.

하지만 김두찬은 자신 있었다.

현대영웅전은 더 사가의 아성을 넘기 힘들지만, 흥행에서는 성공을 할 거라고 믿었다.

그만큼 재미가 있었으니까.

쓰는 김두찬도 너무 유쾌하고 코믹한 상황에 몇 번이나 웃음을 터뜨리곤 했다.

물론 소설의 주를 이루는 감각이 코믹으로만 점철된 건 아니었다.

적절한 타이밍에 독자들의 가슴을 뻥 뚫어줄 만큼 시원한 사이다가 터지도록 설계해 놨다.

글이 이상한 방향으로만 빠지지 않는다면 말아먹을 염려는 없었다.

김두찬의 스토리텔링 랭크는 SS다.

만에 하나라도 잘 가던 글이 삐딱선을 타는 일은 벌어지지 않을 것이다.

점심나절까지 글 작업을 한 김두찬은 학교로 향했다.

그리고 극작 실기 강의를 두 시간 듣고 바쁘게 강의실을 나섰다.

잰걸음으로 캠퍼스를 가로질러 교문 앞에서 그를 기다리던 밴에 올라탔을 때였다.

지이이이잉—

정미연으로부터 전화가 왔다.

김두찬이 스마트폰을 슬라이드 하고 귀에 가져갔다.

"미연 씨."

정미연을 부르는 김두찬의 목소리가 밝았다.

—두찬 씨, 바빠요?

"방금 강의 끝나서 작업실로 가려던 참이었어요. 미연 씨는요?"

—이제부터 바빠질 것 같아요.

"왜요? 무슨 일 있어요?"

—갑자기 피팅 모델 한 명이 펑크를 내서 두찬 씨가 대타로 와주지 않으면 부랴부랴 이 모델 저 모델한테 전화를 돌려야 하거든요.

정미연의 얘기를 듣고 난 김두찬이 피식 웃었다.

"그럼, 내가 대타로 가면 덜 바빠지겠네요?"

—덤으로 내 얼굴도 보겠죠?

"촬영 끝나면 저녁때 되니까 보너스로 고기도 사 주고?"

—갑작스러운 콜에 달려와 준다면, 그 정도 보너스 얼마든지 줄게요.

"바로 갈게요. 실내 촬영인가요?"

—네. 회사로 오면 돼요.

"곧 봐요."

—빨리 와, 내 사랑.

전화를 끊고 난 김두찬이 장대찬에게 바뀐 목적지를 말하려 했다.

그런데 장대찬이 더 빨랐다.

"이미 형수님 회사로 가는 중입니다!"

"빠르시네요."

"척하면 척이죠! 하하하하하!"

장대찬의 시원한 웃음소리가 밴 안을 쩌렁쩌렁 울렸다.

*   *   *

"컷! 오케이에요~!"

이현지의 오케이 사인이 떨어지자 촬영장을 감돌던 긴장감이 눈 녹듯 사라졌다.

"수고하셨습니다."

"수고하셨어요!"

스태프들이 서로를 격려하며 바쁘게 스튜디오를 정리해 나갔다.

세 시간 동안 옷을 12벌이나 갈아입은 김두찬이 긴 한숨을 내뱉었다.

"후우."

그런 김두찬에게 정미연이 다가왔다.

그녀는 김두찬을 꽉 끌어안았다.

"고생했어, 자기야."

"미연 씨도 고생 많았어요."

"나보다 스태프들이 고생했지."

김두찬의 시선이 분주히 움직이는 스태프들에게로 향했다.

그들의 머리 위엔 하나같이 100이라는 붉은 숫자가 떠 있었다.

김두찬에 대한 스태프들의 호감도는 매우 높았다.

김두찬과 떨어져 있을 때는 80까지 하락하는 경우도 있지만 만나서 촬영을 하면 금방 다시 100까지 올라갔다.

한데 문제는.

'저 호감도가 전부 로나의 휴면기 때 100을 찍었다는 것이지.'

휴면기 때 100을 찍어봤자 김두찬에게 돌아오는 건 아무것도 없었다.

따라서 김두찬은 다섯이나 되는 사람들의 능력을 얻지 못했다.

100이라는 숫자 아래엔 1부터 3까지 제각각인 진심도가 떠 있었다.

호감도를 놓친 건 아까웠지만 어쩔 수 없으니 진심도를 얻는 데 주력해야 했다.

'증강핵은 새로운 능력을 얻는 것 못지않게 좋으니까.'

김두찬이 스스로를 위로했다.

"그럼 이제 고기 먹으러 갈까?"

정미연은 김두찬의 팔목을 잡아끌었다.

두 사람은 스태프들에게 인사를 한 뒤 급히 스튜디오를 빠져나왔다.

＊　　　＊　　　＊

지글지글.

잘 달궈진 불판 위에서 투플러스급의 소고기 치마살이 맛있게 익어갔다.

"미디움 레어죠?"

김두찬이 집게로 능숙하게 고기를 뒤집으며 물었다.

정미연은 환한 미소로 대답을 대신했다.

치마살이 딱 알맞게 익자 김두찬은 한 점을 정미연의 접시에 놓아주었다.

그것을 소금 간만 해서 입에 넣은 정미연의 얼굴이 행복해졌다.

그녀의 입안에서 육즙과 함께 고소함이 폭발했다.

김두찬이 구워준 치마살은 과장 조금 보태서 버터처럼 녹아 사라졌다.

고기 한 점이 사라지자마자 그녀의 접시 위에 새로운 고기 한 점이 놓였다.

"많이 먹어요."

"내가 사는 건데, 두찬 씨가 사는 것처럼 얘기하네요?"

"굽기는 내가 굽고 있으니까."

정미연의 입으로 고기 한 점이 연이어 들어갔다.

또다시 육즙의 대폭발에 그녀는 황홀함을 만끽했다.

"도대체 어떻게 하면 이렇게 잘 구워요?"

"많이 구워보면 돼요."

사실은 머릿속에 있는 레시피 북과 요리 능력 덕분이었다.

레시피 북엔 치마살을 최고로 맛있게 굽는 방법도 기록되어 있었다.

물론 방법을 안다고 능사가 아니다.

지식만 완벽하고 손이 따라가지 못하면 꽝이다.

그런데 김두찬은 지식과 요리 실력이 모두 출중하니 고기를 맛있게 굽는 건 일도 아니었다.

"두찬 씨, 우리 여행 가요."

치마살이 3분의 2 정도 사라졌을 때, 정미연이 갑작스레 말을 던졌다.

"여행이요?"

"내일부터 일요일까지, 나 한가해요. 2박 3일로 여행 다녀와요."

"휴가 냈어요?"

"응."

정미연은 김두찬 못지않게 늘 바쁜 여인이었다.

때문에 휴일에도 제대로 쉬지를 못했다.

여기저기서 그녀를 찾는 곳이 많기 때문이다.

거의 워커홀릭이나 다름없이 생활하던 그녀가 이번 연도에 처음으로 휴가를 냈다.

김두찬과 함께 여유로운 시간을 보내고 싶어서였다.

항상 바빴던 정미연의 여행 제안을 김두찬이 마다할 이유가 없었다.

"좋아요. 여행 가요, 우리."

"진짜?"

"응."

"안 바빠요?"

"저는 한 번도 일에 쫓겨본 적 없어요. 미리 해놓느라 바쁜 거죠."

그리고 설사 글을 써야 한다고 해도 노트북만 가져가면 오케이다.

작가라는 직업이 이런 면에서는 자유롭고 참 좋았다.

하지만 김두찬은 노트북을 챙길 생각이 없었다.

이번 여행은 일을 완전히 잊고서 정미연과 함께하고 싶었다.

"어디로 갈까?"

정미연은 잔뜩 기대되는 목소리로 물었다.

그에 김두찬의 머릿속에서 좋은 생각이 떠올랐다.

"이거 어때요. 차를 가지고 가는 거예요. 그리고 목적지 없이 밟아요."

"시작은 맘에 드네. 그리고?"

"신호등이 가리키는 대로 가는 거죠. 직진 신호면 직진, 좌회전 신호 뜨면 좌회전. 이런 식으로."

"재밌겠는데? 나 그거 완전 맘에 들어요."

"콜. 내일 내가 데리러 갈게요."

"뭐 하러 그래요. 그냥 우리 집 가서 같이 자면 될걸."

"미연 씨는 참, 현명한 여자인 것 같아요."

서로를 바라보는 두 사람의 시선이 이글거리며 불타올랐다.

그날 밤.

김두찬과 정미연은 몇 번이고 서로에 대한 사랑을 확인하다 새벽이 되어서야 잠이 들었다.

*　　　　*　　　　*

오전 11시가 조금 넘은 시간.

김두찬과 정미연은 동시에 눈을 떴다.

침대에서 하나로 엉켜 있던 둘은 같이 욕실로 향했다.

함께 샤워를 하고 나와 외출 준비를 마쳤다.

정미연은 여행에 필요한 옷 몇 가지와 세면도구, 화장품 등만 간단히 챙겼다.

하지만 김두찬은 챙길 수 있는 게 없었다.

자신의 집이 아니었기 때문에.

그러나 그게 문제가 되지는 않았다.

그녀는 2층으로 올라가더니 김두찬이 입을 만한 옷 몇 가지를 가지고 내려왔다.

"스타일리스트 애인 두니까 이런 건 참 좋죠?"

"행복하네요."

세면도구는 함께 쓰면 되고, 화장품도 김두찬은 로션 정도만 바르니 더 필요한 건 없었다.

두 사람은 주차장으로 내려갔다.

거기엔 정미연의 붉은색 세단이 주차되어 있었다.

김두찬이 키를 넘겨받아 운전석에 앉고, 정미연이 조수석에 올랐다.

"출발할게요."

부우웅.

두 사람의 신나는 마음을 대변하듯, 세단은 빠르게 주차장을 빠져나갔다.

*　　　　*　　　　*

신호등이 가리키는 대로 움직이다 보니 강원도로 들어서게 되었다. 그 안에서도 춘천이었다.

"와아. 나 춘천은… 이번이 두 번째인 것 같아요."

"그래요? 난 꽤 와봤는데."

"춘천은 닭갈비가 맛있다면서요?"

"유명하죠. 춘천에도 명동이라는 지역이 있어요."

"서울의 명동이랑 이름이 같네요."

"웅. 거기에 닭갈비 골목이라는 곳이 있는데, 여행객들로 버글버글해요. 하지만 난 안 가지."

"왜요?"

"로컬들은 거기보다 다른 곳을 많이 가거든. 그리고 닭갈비 말고도 맛있는 것들이 너무 많아. 특히 짬뽕이랑 매운순댓국! 춘천하면 난 그 두 개가 가장 먼저 떠오르더라."

"어… 전혀 매치가 안 되네요. 춘천에서 짬뽕과 순댓국이라니."

"북경관 짬뽕. 조부자매운순대국 명동점. 이 두 곳은 꼭 가야 돼요. 한 번 맛보면 그거 먹고 싶어서 다시 오게 될걸요?"

"기대된다."

"하지만 우리가 먹을 수 있을지는 미지수죠. 신호등이 가리키는 곳으로만 이동해야 하니까."

"아, 맞다."

"후회되면 지금이라도 취소해요."

정미연이 장난스레 말했고, 김두찬은 고개를 저었다.

"괜찮아요. 다음에 다시 오면 되죠. 그나저나 일어나서 지금까지 한 끼도 못 먹었더니 배가 많이 고프네요."

말을 하며 김두찬은 주변을 살폈다.

그때 감자탕집 하나가 눈에 들어왔다.

"어제 술도 마셨는데 저기서 우선 해장 어때요?"

"콜."

의견 합일을 보자마자 김두찬은 식당 옆 주차장에 차를 세웠다.

그리고 안으로 들어가니 넓은 홀이 두 사람을 반겼다.

점심시간이 제법 지나서 그런지 홀 안은 한 테이블 빼고 전부 비어 있었다.

두 사람은 창가 쪽 자리에 앉아 감자탕 2인분을 주문했다.

그리고 음식을 기다리는데 김두찬 일행보다 먼저 와서 테이블을 차지한 남자 손님 두 명 중 한 명이 감자탕을 먹다 말고 종업원을 불렀다.

그러고서는 몇 마디를 건네자 이번엔 사장으로 보이는 아주머니가 주방에서 나왔다.

"음식에 문제 있나?"

정미연이 그 광경을 보며 중얼거렸다.

남자 손님은 테이블로 다가온 사장 아주머니를 보자마자 대뜸 말했다.

"사장님, 혹시 파워블로거라고 아세요?"

"네? 파워… 뭐예요, 그게?"

"그러니까 식당에서 음식 먹어보고 맛있으면 멋진 리뷰를 써드리는 건데요, 제가 나름 유명한 파워블로거거든요. 여기 음식 나쁘지 않은 것 같은데 감자탕 리뷰 잘 써드릴 테니까 이거 그냥 무료로 제공해 주시는 거 어떻게 생각하세요?"

스스로를 파워블로거라 밝힌 남자는 당당하게 음식을 무료로 달라 요구했다.

하지만 식당 주인은 애초에 그게 뭔지를 잘 모르는 입장이었다.

"리부를… 뭘 어떻게 하는데 음식을 공짜로 달라고요?"

"그러니까 제가 맛집 파워블로거예요. 식당 가서 음식을 맛보고 맛이 있으면 제 블로그에다가 리뷰… 그러니까 자랑을 해드려요. 이 식당 음식이 맛있다고요."

"아아, 네. 그래서요?"

"근데 사장님 식당 음식이 맛있는 것 같아서 리뷰를 해드릴까 해요. 제 블로그에 올라온 리뷰 때문에 매출이 껑충 뛴 식당이 한두 군데가 아니거든요. 이제 무슨 말인지 아시겠죠?"

"무슨 말인지는 알겠는데… 우리 그런 거 굳이 안 해줘도 돼요."

그러자 남자는 스마트폰을 꺼내 자신의 블로그를 보여주었다.

"여기 보세요. 블로그 주인장 이름 송정오라고 보이죠? 이게 저거든요. 사진 똑같잖아요. 여기 보시면 최근에 제가 맛집 리뷰한 글에 댓글이 200개가 넘게 달렸어요. 파스타 집이었는데, 여기 사장님께서 고맙다고 개인적으로 연락도 해주셨거든요."

송정오는 아직 식당 주인 아주머니가 블로그의 위력을 잘 모르기 때문에 마다하는 것이라 여겼다.

그러나 송정오의 설명을 들으면서도 아주머니의 표정은 영 탐탁찮았다.

한편 김두찬과 정미연은 송정오가 하는 얘기를 본의 아니게 전부 듣고 있었다.

그의 목소리가 큰 편은 아니었지만 식당에 손님이 없다 보니 자연히 들려왔다.

송정오는 뻔뻔한 부탁을 하면서도 낯빛 하나 바뀌지 않았다.

다른 식당에서도 이런 식으로 공짜 음식을 제법 얻어먹었던 모양이다.

송정오를 바라보는 정미연의 눈동자가 착 가라앉았다.

김두찬은 되도록 신경 쓰지 않으려고 노력 중이었다.

정미연과의 즐거운 여행을 알지도 못하는 사람 때문에 망치기 싫었기 때문이었다.

하지만 모른 체하기엔 송정오의 생떼가 점점 더 심해지고 있었다.

"잘 생각해 보세요, 사장님. 2만 5천 원이에요. 겨우 2만 5천 원 아끼면 식당 매출이 올라요. 투자라고 생각하시면 돼요."

송정오는 솔깃하지 않느냐는 표정을 지었다.

공짜 밥을 얻어먹기 위해 송정오가 열을 올리고 있을 때.

그의 맞은편에 앉은 친구는 묵묵히 감자탕을 먹고 있었다. 그런데 시선은 감자탕에 있지 않았다. 왼손에 들린 스마트폰에 고정한 상태였다.

무엇을 보는 건지 몰라도 잔뜩 집중해서 주위 상황을 완전히 잊은 것 같았다.

그야말로 무아지경의 상태였다.

송정오는 그런 친구가 조금 답답했다.

지금 식당 아주머니는 파워블로거라는 개념 자체를 모르고 있었다. 때문에 일행이 자신을 도와줘도 부족할 마당에 뭐하는 건가 싶었다.

"유한아, 뭐 해? 내 얘기 좀 해드려."

"......"

이유한은 송정오의 부름에도 뭐에 정신이 팔린 건지 대답조차 없었다.

"유한아!"

송정오의 언성이 높아지고 나서야 이유한은 화들짝 놀라 그를 바라봤다.

"응? 뭐?"

송정오는 속이 부글부글 끓었지만, 애써 화를 내리눌렀다.

그리고 지금 상황을 짧게 정리해서 설명해 줬다.

그러자 비로소 이유한이 알겠다는 듯 고개를 끄덕였다.

"아~ 아주머니. 얘 파워블로거 맞아요. 이 분야에서 방귀 좀 뀝니다. 얼마나 유명하면 자기네 식당 광고해 달라고 돈까지 쥐어주는 사장님도 상당히……."

그 말에 송정오가 놀라서 이유한의 정강이를 걷어찼다.

픽!

"윽!"

한참 친구 자랑을 하다가 얻어맞은 이유한이 왜 그러냐는 듯 송정오를 노려봤다.

'하여튼 저 새끼는 브레이크가 없어.'

송정오가 원한 건 자신이 얼마나 대단한 파워블로거인지에 대해 인지시켜 주는 것뿐이었다.

한데 이유한은 되도록 다른 사람이 알아서는 안 되는 얘기들까지 줄줄 늘어놓으려 했다.

'뒷돈 받는 걸 왜 말해?'

송정오는 인터넷에서 제법 공정한 입맛을 가지고 맛집을 평가한다는 식으로 이미지 메이킹이 되어 있다.

그런데 돈을 받고 좋은 평을 해준다는 식의 소문이 퍼지면 심한 타격을 입게 된다.

송정오가 어색하게 미소 지으며 주인 아주머니를 바라봤다.

아주머니는 대체 뭔 소리냐는 듯 송정오와 이유한을 번갈아 보고 있었다.

'아무것도 모르는 아주머니라 다행이지.'

하마터면 파워블로거 이미지에 똥칠을 할 뻔했다.

상황이 이 지경이 되고 보니 송정오는 여러모로 기분이 불쾌해졌다.

기분 좋게 식사 한 번 공짜로 먹고, 좋은 리뷰를 써주면 끝날 일이었다.

그런데 이게 다 뭐란 말인가?

갑자기 입맛이 확 떨어졌다.

송정오가 자리에서 벌떡 일어났다.

"야, 나가자."

그가 이유한에게 말했다.

그런데 이유한은 그새 또 스마트폰에 정신이 팔려 있었다.

"아, 뭐 하는데!"

송정오가 버럭 소리치며 이유한의 스마트폰을 빼앗았다.

"대체 뭘 본다고 정신을 그렇게 놔? 이게 뭔데? 더 사가? 판타지소설이냐?"

이유한이 넋을 놓고 보던 건 다름 아닌 김두찬과 채소다의 합작 소설이었다.

정미연 역시 김두찬이 더 사가를 연재 중이라는 건 알고 있었다.

그녀가 뿌듯한 시선을 김두찬에게 던졌다.

김두찬이 픽 웃으며 뺨을 긁었다.

하지만 두 사람과 달리 송정오는 기분이 상당히 더러웠다.

"이딴 쓰레기 같은 판타지 읽는다고 친구 도움도 안 줘?"

"미친놈, 읽어봐라. 쓰레기라는 말이 나오나."

"그래. 미친놈 맞다. 그 많고 많은 애들 중에서 널 데리고 춘천 온 내가 미친놈이다."

송정오가 한숨을 푹푹 쉬며 지갑에서 이만 오천 원을 꺼냈다. 그러고는 아주머니에게 던지듯이 건넸다. 아주머니의 손에 지폐가 잡히기도 전에 놓아 버린 것이다.

"에구머니!"

결국 지폐들은 바닥에 떨어졌다.

아주머니가 황망히 그걸 주었다.

이를 지켜보던 송정오가 고개를 절레절레 젓고서는 성난 걸음으로 식당을 나섰다.

그에 이유한이 난감한 얼굴로 아주머니에게 사과했다.

"아줌마, 죄송해요. 쟤가 원래 좀 콧대가 높아서… 정오야! 같이 가!"

이유한이 후다닥 송정오를 따라 나갔다.

아주머니는 말없이 지폐를 집고 거의 새것 그대로 남아버린 감자탕을 착잡하게 쳐다봤다.

"이걸 아까워서 어째……."

그때 종업원이 다가와 남은 감자탕을 치우려 했다.

이를 아주머니가 말렸다.

"뒤요. 내가 치울게. 아까워서 버리지는 못하겠고 내가 먹어야지."

"네? 그래도 이건 좀……."

정미연의 시선이 유리창 너머 가게 밖으로 향했다.

그러자 식당 앞에서 간판을 찍는 송종오의 모습이 보였다.

"두찬 씨. 쟤, 아무래도 안 좋은 리뷰 올리려는 것 같죠?"

"응, 그런 것 같은데요. 인성이 그리 좋아 보이지는 않았어요."

"왜 저런 놈들이 잘나가는 걸까. 신이 정말 있다면 인성 덜

된 놈들한테는 뛰어난 재능 같은 거 안 줬으면 좋겠어."

정미연의 한탄에 김두찬이 엉뚱한 소리를 했다.

"신이 너무 바쁜 모양이죠."

"응? 이 분위기에 그런 농담 안 어울리는걸?"

"그래서 바쁜 신을 도와줄 나 같은 사람들이 필요한 게 아닐까요?"

말을 하며 김두찬이 자신의 스마트폰을 정미연에게 내밀었다.

거기엔 조금 전 상황이 고스란히 녹화된 영상 파일이 담겨 있었다.

"녹화했었어요?"

정미연이 눈을 휘둥그레 떴다.

"네."

"언제?"

"파워블로거 얘기 꺼내면서 공짜 운운한 다음부터요."

그러고 보니 동영상을 녹화할 때 나는 작은 시스템 멜로디가 들린 것 같기도 했다.

정미연이 너털웃음을 터뜨렸다.

"진짜 자기는 종잡을 수가 없어. 그래도 신을 도와준다는 농담은 썰렁했어요."

"하하, 미안해요."

말은 그렇게 했지만 김두찬은 단순히 농담을 한 건 아니었다.

인생 역전을 만난 이후부터 그의 하루하루는 기적 같은 나날들로 가득했다.

물론 인생 역전이란 게임을 만든 건 우주인이었다.

하지만 김두찬은 그 우주인이라는 존재가 혹시 신은 아닐까 싶기도 했다.

─정리하자면 내가 신이라는 건가요?

정미연과의 여행 내내 잠자코 있던 로나가 불쑥 말을 걸어왔다.

'그냥 그런 게 아닐까 생각해 봤다는 거지.'

─하긴. 지구인들의 과학과 상식으로 가늠하기엔 신의 권능이라는 말로밖에 설명 안 되는 시스템이긴 하죠.

'근데… 진짜 신이 아닌 거지?'

─우주인이랍니다. 그리고 지금은 데이트에 집중할 때랍니다!

'알았어. 남의 연애사까지 신경 써주고, 고맙다.'

─별로 신경 쓰고 싶지 않지만 어쩌겠어요.

그 순간 김두찬은 로나의 평상심이 살짝 흔들리는 것 같은 느낌을 받았다.

하지만 로나는 더 이상 아무런 말도 하지 않았다.

해서 거기에 대해 묻지 못하고 내면에 머물러 있던 의식을 현실로 끄집어냈다.

그러자마자 정미연이 물어왔다.

"그 동영상 어떻게 할 거예요?"

"아까… 송정오라고 하더라고요."

"파워블로거지?"

"응? 파워블로거지요?"

"본인이 파워블로거라는 걸 내세워서 리뷰해 준답시고 공짜 밥 얻어먹으려는 거지 근성 가득한 인간들을 파워블로거지라고들 해요."

"어울리는 별명이네요."

"아무튼 그래서?"

"블로그 찾아서 안 좋은 리뷰 올라오면 동영상 퍼뜨려야죠."

"저쪽에서 소송 들어오면?"

"얼굴 모자이크하고 음성 변조시켜서요. 앱 다운 받으면 어렵지 않아요. 아, 입은 가리지 않을 거예요. 그래야 음성 변조돼도 대사 조작한 게 아니라는 걸 증명할 수 있으니까."

어차피 얼굴과 음성이 달라도 송정오가 내뱉은 말속에 그 정체를 유추할 수 있는 대사들이 가득했다.

그 정도만 해주면 네티즌 수사대들이 알아서 움직이고 송정오는 쓰레기가 된다.

"스마트하네. 그래도 고소 들어올 수 있어요."

"하라고 해요. 벌금이든 합의금이든 내주죠."

그거 몇 푼 받고 송정오의 파워블로거 인생은 끝이 난다.

"하긴. 자기가 달에 버는 돈이 얼만데. 고소 들어올까 봐 할 일 못 하는 거 은근 답답한데, 속이 다 시원하네."

정미연이 말했지만, 그건 김두찬의 마음을 대변하는 얘기이기도 했다.

이제 그는 자신이 옳다고 생각하는 일을 해나감에 있어 거침이 없기를 원했다.

두 사람이 시시덕거리는 사이 주문했던 감자탕이 나왔다.

서빙을 해준 사람은 종업원이 아닌 주인 아주머니였다.

아주머니는 감자탕을 가스레인지 위에 올리고 불을 붙이며 말했다.

"조금 소란스러웠죠? 기분 좋게 밥 먹으러 들어왔을 텐데 미안해요."

미안해하는 아주머니에게 정미연이 웃으며 대답했다.

"심심하지 않아서 좋았어요. 근데 감자탕 되게 맛있어 보이네요. 냄새부터 심상찮아요."

"호호호. 예쁜 처자가 말도 예쁘게 하네. 맛있게 들어요~ 부족한 거 있으면 얘기하고요."

그리 말하고서 아주머니는 주방으로 들어갔다.

김두찬과 정미연은 감자탕이 끓을 동안 이런저런 얘기를 주고받으며 시간을 보냈다.

보글보글.

드디어 감자탕이 신나게 끓었다.

두 사람은 누가 먼저랄 것도 없이 숟가락을 들고 국물을 맛봤다.

그러고는 같은 표정을 지었다.

"맛있네?"

"응. 제법 괜찮아요."

감자탕에 대한 레시피가 김두찬의 머릿속에 주르륵 나타나며 등급이 정해졌다.

B—였다.

이 정도면 상당히 괜찮은 수준으로 조리를 하고 있는 것이었다.

한데도 그 맛에 비해 손님이 너무 없었다.

아무리 밥 때가 아니라고 하지만 이건 문제가 조금 있어 보였다.

"왜 손님이 없을까?"

정미연도 그게 궁금했던 모양이다.

"그러게요."

가끔씩 이런 경우가 있었다.

음식도 맛있고 터가 그리 나쁜 것도 아닌데 운이 따라주지 않는지 손님이 별로 들지 않는다.

어쩌면 너무 흔한 메뉴를 선정한 게 문제일 수도 있었다.

이런저런 생각을 하면서 허기를 채우는 한편, 김두찬은 송정오의 블로그를 찾아냈다.

아니나 다를까.

블로그에는 이 감자탕집을 비방하는 글이 올라와 있었다.

긴 장문의 글을 요약해 보자면 '위생이 엉망에 주인장은 불친절하고 기본적인 맛조차 내지 못하는 집이라 몇 숟갈 뜨고 그냥 나왔다'는 것이었다.

글을 읽고 난 김두찬이 정미연에게 말했다.

"미연 씨, 이제 이 식당 잘되겠네요."

"응? 왜요?"

"따라주지 않던 운이 드디어 따르려는 것 같아서."

김두찬이 스마트폰을 보여주었다.

이를 본 정미연의 입꼬리가 서늘하게 말려 올라갔다.

"제 무덤 팠네."

김두찬은 좀 전의 동영상을 앞서 말했던 것처럼 편집해서 자신의 SNS에 업로드했다.

업로드된 동영상의 조회수는 삽시간에 올라갔고 무서운 속도로 공유되며 퍼져 나갔다.

식사를 마친 두 사람은 만족스럽게 계산을 했다.

그리고 식당을 나서기 전, 김두찬이 식당 아주머니에게 확신에 찬 음성으로 말해주었다.

"이 식당, 앞으로 많이 번창할 거예요."

하지만 송정오는 앞으로 많이 힘들어질 터였다.

＊   ＊   ＊

"이게… 뭐야?"

송정오는 감자탕집을 나와 근처에 있던 다른 식당에 들어갔다.

그리고 음식을 시켜 배를 채우며 시간을 보냈다.

느긋하게 수저를 놀리면서, 머릿속으로는 자신의 포스팅에 달릴 네티즌들의 댓글을 기대했다.

늘 그렇듯 하나같이 그 감자탕집에 대한 욕으로 가득할 터였다.

그런데 식사를 마치고서 확인한 댓글들은 예상했던 것과 정반대였다.

순식간에 200개나 달린 댓글들 중 90퍼센트가 송정오를 비난하고 있었다.

—방금 영상 보고 들어왔습니다. 공정한 입맛을 자랑하는 파워블로거?
파워블로거지네요ㅋㅋㅋ

—송정오 님, 같은 파워블로거로서 실망이네요. 당신 같은 사람들 때문에
이 분야 전체가 싸잡아 욕먹는 겁니다. 왜 아무 잘못 없는 우리들까지 비난
받아야 하나요? 앞으로 얼굴 볼 일 없었으면 하네요.

—개쓰레기 같은 인간.

—무슨 감자탕 한 그릇 얻어먹으려고 어필 졸라 하고ㅋㅋㅋㅋㅋ 인성 오
진다ㅋㅋㅋ ㅇㅈ?

—사이트 측에 정식으로 민원 보냈습니다. 이 블로그는 사이트 측에서
자체적으로 폐쇄시켜야 합니다.

—이래서 인터넷이 무서운 거야. 영상 안 봤으면 아무 잘못 없는 식당
아주머니만 피해 봤을 거 아냐?

댓글을 확인하는 송정오의 얼굴이 딱딱하게 굳었다.

자신이 밥을 먹는 그 짧은 시간 동안, 도대체 무슨 일이 일
어났다는 말인가?

조금 전까지 여유 만만하던 송정오의 얼굴은 흙빛이 됐다.

이를 본 이유한이 티슈로 입을 닦으며 물었다.

"왜 그래? 똥 마려워?"

"야… 엿 됐다."

"뭐가?"

"내 블로그 들어가 봐."

"응. 이것 좀 마저 보고."

이유한은 여전히 더 사가에 푹 빠져 있었다.

그 모습이 송정오는 답답해 죽을 지경이었다.

"그럴 때가 아니라니까!"

"왜 소리를 질러?"

결국 송정오가 자신의 스마트폰을 이유한의 코앞에 들이밀었다.

"음… 응? 댓글들이 왜 이래?"

"그러니까 환장하겠다고."

"다들 어디서 무슨 영상 보고 왔다면서 난린데?"

"그러니까 그게 무슨 영상이냐고!"

"내가 어떻게 알아? 나한테 지랄이야."

"하아, 미안. 너무 짜증 나서……."

이마를 손바닥으로 꾹 누르는 송정오를 보며 이유한이 한마디를 툭 던졌다.

"아까 식당에 다른 사람도 있지 않았어?"

"뭐 들어오는 것 같긴 했는데 자세히 안 봤다."

"그럼 그 사람들이 식당 안에서 깝죽대던 네 영상 찍어가지고 어디에 올린 거 아니야?"

"……!"

송정오가 댓글들을 하나하나 유심히 살폈다.

그러다 실마리가 잡힐 만한 댓글을 발견했다.

—역옥시 김두찬 님. 파괴신이십니다.

—두찬 님 가는 곳에서 저런 짓거리 하면 무조건 인실X 당하는 거지.

"김… 두찬?"

송정오의 입에서 나온 세 글자에 이유한이 눈을 부릅떴다.

"김두찬? 김두찬 작가님 이름이 왜 네 입에서 나와?"

"작가야?"

"몰라? 대한민국에서 지금 가장 핫한 작간데?"

"핫한 작가면 내가 다 알아야 돼? 책 같은 거 관심 없어."

"하긴… 관심 분야 아니면 모를 수도 있지. 아무튼 김두찬 작가님이 왜?"

"작가님은 무슨. 친분도 없는데 그냥 김두찬이지."

"그니까 왜?"

"댓글에서 사람들이 김두찬이라는 이름을 계속 언급해서."

"뭐?"

그러자 여태껏 송정오의 말에 심드렁하던 이유한이 벌떡 일어섰다.

그러고는 송정오의 블로그에 접속했다.

"대박. 진짜네."

댓글에는 김두찬 작가 SNS에서 동영상을 보고 찾아왔다는 유저들이 많았다.

그에 이유한이 바로 김두찬 작가의 SNS에 접속했다.

그러자 얼마 전에 올라온 동영상 하나가 새로운 소식에 떠 있었다.

"야. 정오야. 이리 와봐."

송정오가 이유한의 옆자리로 옮겼다. 그러자 이유한이 동영상을 플레이시켰다.

동영상 속 배경은 둘이 조금 전까지 머물렀던 그 감자탕집 내부였다.

그리고 식당 아주머니와 두 남자가 대화를 나누는 장면이 흘러나왔다.

얼굴은 모자이크 처리되었고, 음성도 변조되어 있었다.

하지만 송정오와 이유한는 동영상 속에 등장하는 두 남자가 누구인지 대번에 알 수 있었다.

바로 자신들이었으니까.

게다가 송정오는 동영상 속에서 몇 번이고 본인의 이름을 언급했다.

때문에 목소리 변조와 얼굴 모자이크는 아무 소용이 없었다.

이유한이 동영상의 플레이 횟수를 살폈다.

무려 12만 회였다.

게다가 공유된 건 700건이 넘었다.

댓글들 역시 송정오를 비난하는 내용으로 가득했다.

"김두찬… 이런 개 같은……."

송정오는 욕을 뱉었다.

김두찬으로 인해 자신의 이미지가 바닥을 치게 됐으니 당연했다.

반면 이유한은 영혼이 빠져나간 것 같은 얼굴로 몸을 덜덜 떨었다.

"그, 그럼… 아까 그 식당에 김두찬 작가님이랑 같이 있었다는 거야? 아… 친구 새끼 잘못 둬서 개양아치로 찍혔겠네."

"…뭐?"

송정오가 황당한 시선을 이유한에게 던졌다.

하지만 이유한은 그런 송정오의 시선이 들어오지 않았다.

김두찬과 같은 공간에 있었다는 희열과, 알아보지 못했던 안타까움, 그리고 그가 자신을 어떻게 볼까 하는 걱정이 뒤섞여 정신이 없었다.

송정오는 이유한에게 악을 쓸 뻔한 걸 겨우 참고서 다시 동영상을 봤다.

"아니, 지가 뭔데 이런 식으로 나와? 이거 내가 고소한다."

김두찬을 고소한다는 말에 이유한이 고개를 갸웃거렸다.

"고소? 뭘로 고소하게?"

"이거 명백히 도촬이야! 그리고 내 동의도 없이 인터넷에 올린 거잖아! 그러니까 고소할 수 있어."

"그럼 여태까지 네가 돈 받고 구라로 리뷰 쓴 건? 멀쩡한 식당 맘에 안 든다고 까는 글 쓴 건?"

"미친, 너 내 친구 맞아? 왜 김두찬 편을 들어?"

"야, 네가 그동안 진짜 최후의 선 안 넘고 아슬아슬 줄타기하면서 파워블로거 짓 해먹을 수 있었던 게 누구 덕분인 것 같아? 미친놈처럼 질주하려는 거 막아준 게 누군데? 나야! 근데 갈수록 시건방져지더니 근래 유독 공짜 밥 얻어먹고 다니려는 것 보고 언젠간 사건 터질 줄 알았다."

"배알 꼴려서 괜히 깎아내리지 마. 유치하다."

"지금 누가 유치하게 구는 건지 모르겠냐? 됐다. 고소를 하든, 지랄을 하든, 네가 알아서 해. 우리 여행은 여기까지인 것 같다."

"뭐냐, 지금? 오늘 춘천 왔는데 돌아가자고?"

"너랑 같이 안 다니겠다고. 이제 내가 곁에 붙어 있어도 브레이크가 안 걸리잖아. 그냥 하고 싶은 대로 하고 살아라. 지친다, 나도."

이유한이 자리에서 일어나 지폐를 꺼내 카운터로 향했다.

"계산이요!"

그가 밥값을 계산하자 송정오가 어처구니없는 얼굴로 소리쳤다.

"야! 너 진짜냐?"

계산을 마친 이유한이 송정오에게 경고했다.

"내가 그래도 친구라서 말해두는데 괜히 김두찬 작가님 건드리지 마라. 그분한테 안 좋은 감정 가지고 들이받았던 사람들 전부 인생 패망 트리 탔다."

이유한은 미련 없이 식당을 나갔다.

졸지에 혼자가 된 송정오는 여러 가지 복합적인 감정이 치고 올라와 아랫입술을 꽉 깨물었다.

지금도 그의 블로그에는 비난 댓글들이 계속해서 올라오고 있었다.

"이런 씨… 김두찬 그 새끼가 대체 뭐라고!"

송정오가 인터넷에 김두찬의 이름을 검색했다.

그러자 그와 관련된 기사와 글들이 주르륵 나타났다.

뿐만 아니라 팬카페까지 있었다.

회원 수는 무려 20만이 넘었다.

"무슨 작가 팬카페 회원 수가……"

송정오는 적잖이 놀라면서도 김두찬에 대한 기사와 글들을 하나하나 읽어 나갔다.

그러던 와중 유난히 눈에 띄는 누군가의 블로그 글 제목을 발견했다.

〈지금까지 김두찬 작가와 안 좋게 얽혔다가 인생 퇴갤 당한 사람들〉

송정오가 그 글을 터치했다.

그리 길지 않은 글은 김두찬의 팬이 올린 것으로 그간의 사건들에 대해서 팩트만을 정리해 둔 것이었다.

그 글을 빠르게 읽은 송정오는 모골이 송연해짐을 느꼈다.

'뭐야, 이거… 하나같이 짓밟힌 수준이잖아.'

너무 처참하게 밟혀서 차라리 소설 같았다.

송정오는 그 글의 진위 여부가 의심스러워 기사를 검색했다.

한데 전부 팩트였다.

떠오르는 천재 소설가 문정욱과 아이돌 가수 태경, 맛 평론가 이항두 교수까지.

물론 김두찬이 직접적으로 그들에게 해코지를 했다는 얘기는 없었다.

하지만 돌아가는 상황을 보면 누가 봐도 김두찬의 입김이 닿았다는 걸 유추할 수 있었다.

문득 송정오는 김두찬을 고소하는 게 득이 되는 일인지 고심했다.

생각은 길게 이어지지 않았다.

누가 봐도 이 상황에서 김두찬을 고소하는 건 스스로 제 무덤을 파고 들어가겠다는 얘기밖에 되지 않는다.

그리고 그가 이렇게 혼자 이런저런 생각을 하는 와중에도 비난 댓글은 계속 달리고 있었다.

송정오는 일단 감자탕집 포스팅을 지웠다.

그러자 다른 리뷰 글에 비난 댓글이 달렸다.

그 리뷰 글과는 아무런 상관도 없이, 송정오를 그저 깔아뭉개는 내용들로 가득했다.

'아, 왜 다들 이 난리야!'

송정오가 머리를 쥐어뜯었다.

그때 송정오의 스마트폰 벨이 울렸다.

그와 친한 맛집 블로거였다.

"어, 희연아."

희연이라 불린 사람이 다급한 음성으로 송정오에게 말했다.

─정오야! 지금 난리 났어. 푸드럽 게시판에 너랑 관련된 글들이 계속해서 올라오고 있는데?

"뭐?"

송정오가 놀라서 전화를 끊고 푸드럽에 접속했다.

푸드럽은 음식과 맛집을 주제로 하는 커뮤니티 사이트로, 동일한 주제를 다루는 사이트 중 가장 많은 회원 수를 자랑한다.

그런데 그 게시판에 파워블로거 송정오에게 보복성 리뷰를 당했다는 글들이 세 개나 연달아 올라온 것이다.

사실 이런 글은 예전에도 몇 번 올라온 적이 있었다.

하지만 송정오의 이미지 메이킹이 워낙 잘되어 있기에, 유저들은 이를 무시했었다.

그냥 누군가가 송정오를 시샘하는 것이겠거니 하고 넘어간 것이다.

또, 그런 일들이 비일비재했다.

한데 감자탕집 사건이 터진 직후 저런 글들이 대거 올라오니 이제는 간과할 수 없었다.

띠링!

그때였다.

블로그 관리자에게서 쪽지가 날아왔다.

송정오가 불안해하며 쪽지의 내용을 확인했다.

―블로그 관리자입니다.

송정오 님의 블로그는 현재 보복성 리뷰와 개인의 이익을 위해 포스팅을 사용했다는 신고 접수가 132건 들어와 부득이하게 48시간 블라인드 처리되었습니다. 이틀간의 심사 후, 별문제가 없다 판단되면 블라인드 처리를 풀어드리겠습니다.

하지만 문제의 소지가 있을 경우 블라인드를 풀 수 없다는 점 양해 부탁드립니다. 48시간 동안은 다른 유저에게 블로그가 드러나지 않을 뿐, 송정오 님께서는 얼마든지 그간의 게시물을 확인할 수 있으니 필요한 자료와 글들은 만약의 사태를 대비해 미리 백업해 두시기 바랍니다.

감사합니다.

"이런⋯⋯."

송정오는 맥이 탁 풀렸다.

갑자기 시야가 핑 돌고, 머리가 지끈거렸다.

이미 신고가 132건이나 들어간 데다 푸드럽 게시판에서 난리가 났으니, 블로그의 블라인드는 풀리지 않을 터였다.

"끝이다⋯⋯."

스스로의 암울한 미래를 예견하는 송정오의 눈동자가 흐리멍덩해져 있었다.

제법 방귀 좀 뀌기 시작하던 파워블로거 송정오는 고작 밥 한 끼 공짜로 먹으려다 나락으로 떨어지게 되었다.

*　　　　*　　　　*

김두찬과 정미연은 든든히 배를 채운 뒤, 춘천 시내를 걷고 있었다.

송정오가 어떻게 되었는지에 대해서는 이미 관심이 떠난 상태였다.

둘은 테이크아웃한 따뜻한 커피를 손에 들고 길을 거닐었다.

서울이나 경기도보다 춘천의 기운은 어딘지 모르게 평안했다.

사람도 별로 없고, 차도 적었다.

그 대신 산과 강이 많았다.

가을 하늘은 구름 한 점 없이 맑았고, 약간 쌀쌀한 바람은 기분 좋게 얼굴을 스쳐 갔다.

김두찬은 정미연을 따라 어딘지 모를 고즈넉한 동네로 들어섰다.

동네에서는 간간이 아이들 뛰노는 소리와 개 짖는 소리가 들려왔다.

서울에서는 모든 것이 바쁘게 흘러갔건만, 여기는 모든 것이 느긋했다.

두 사람은 이 여유로움이 너무나도 좋았다.

연인은 사이좋게 손을 잡고 느리게 걸었다.

일상의 휴식을 만끽하며 계속해서 동네 골목을 걷던 와중이었다.

"두찬 씨."

"네?"

"저것 봐."

무언가를 발견한 듯, 정미연이 한 손으로 골목 어귀를 가리켰다.

김두찬의 시선이 정미연의 손끝을 따라 움직였다.

거기엔 이제 막 초등학교에 입학이나 했을까 싶은 남자아이와 여자아이가 보였다.

그런데 그 쪼그만 아이들이 자신들처럼 손을 꼭 잡고 걷는 게 아닌가?

뭐가 그렇게 좋은지 서로를 바라보면서 헤헤 웃는 모습이 무척이나 귀여웠다.

꼬마아이들은 김두찬과 정미연의 존재를 전혀 인지하지 못하고 있었다.

제법 가까운 거리에 있었음에도 말이다.

이미 그 아이들은 자기들만의 세상 속에 빠져 있었다.

"우리처럼 사귀나 봐."

정미연이 절로 올라가는 입꼬리를 막지 못하고서 김두찬에게 속삭였다.

"그냥 친구 아닐까요?"

"친구라고 하기엔 너무 달달해 보이는데?"

"그런가?"

"어머? 얘기한다. 우리 몰래 들어봐요."

정미연이 김두찬의 손을 잡아 끌었다.

두 사람은 발소리가 나지 않게 조심조심 꼬마 커플에게 다가갔다.

그러자 여자아이의 목소리가 어렴풋이 들려왔다.

"너는 내가 왜 좋아?"

정미연과 김두찬은 터져 나오려는 웃음을 겨우 참고서 남자아이의 대답을 기다렸다.

남자아이는 일말의 망설임도 없이 바로 말했다.

"너니까!"

"그게 뭐야~ 어제도 그렇게 대답하더니."

"몰라~ 그냥 난 네가 좋아. 그래서 네 얼굴도 좋고, 목소리도 좋고, 향기도 좋고, 말투도 좋고, 성격도 좋고, 다 좋아!"

"그럼그럼, 나중에 만약에 어, 우리집이 망해서 거지가 되면?"

"그래도 좋아!"

"우리 아빠가 엄마한테 요리 못한다고 막 창피하게 놀렸었는데, 나도 요리 못하면?"

"그것도 좋아!"

"뭐야, 그게~"

"몰라~ 그냥 네가 좋으면 다 좋은 거야! 헤헤."

그러자 여자아이가 주변을 두리번거렸다. 무언가를 찾는 듯하던 여자아이는 작은 돌멩이 하나를 주워 들었다. 그러더니 그것을 남자아이에게 건네주며 물었다.

"자! 내가 돌멩이를 선물로 줘도 좋아?"

"우와~ 진짜 예쁘다! 고마워!"

남자아이가 냉큼 돌멩이를 받아 들더니 주머니에 쏙 넣었다.

"그게 진짜 예뻐?"

"응!"

"그냥 돌멩인데?"

"아니야. 네가 준 돌멩이야. 그래서 예뻐."

꼬마 커플의 대화를 엿듣고 있던 김두찬과 정미연의 얼굴에서는 어느새 미소가 사라져 있었다.

그 어린아이들이 나눈 대화 속에서 두 사람은 사랑의 본질이 무언지를 깨달았다.

아니, 사실 알고 있었다.

하지만 실천하지 못하고 표현하지 못했을 뿐이다.

사랑이라는 것을 순수하게 받아들이고 행하기에는 이미 두 사람은 너무 어른이 되어 있었다.

일전에 사랑은 때로 유치해도 된다는 걸 깨달은 김두찬이었지만, 이를 행동으로 옮기는 데는 아직 미숙했다.

그런데 이번에 확실히 알 수 있었다.

그는 미숙했던 게 아니라 너무 성숙했기에 순수한 사랑을 하지 못했음을.

그것은 정미연 역시 마찬가지였다.

오히려 때묻지 않은 아이들이었기에 그게 가능했던 것이다.

두 사람은 무언가에 홀린 듯 말없이 꼬마들의 뒤를 계속 따라다녔다.

꼬마 커플은 이후에도 천진난만한 대화를 나누며 서로 좋아했다.

그러다 남자아이가 여자아이에게 이런 질문을 했다.

"너는 내가 왜 좋아?"

여자아이가 남자아이에게 처음에 했던 질문과 같았다.

여자아이는 바로 대답했던 남자아이와 달리 잠시 생각에 잠겼다.

그러다 남자아이의 표정에 초조함이 깃들 즈음.

드디어 여자아이가 수줍게 말했다.

"네가 나 좋아해 주니까. 이렇게 얘기하면 싫어?"

"아니~ 그렇게 얘기하는 것도 좋아!"

"뭐야~ 왜 너만 착한 척해!"

"나 착한 척한 적 없는데?"

"그럼 나도 그냥 너라서 좋아!"

"정말?"

"그래! 네가 나를 나라서 좋아하는 것보다 무조건 열 배 이상 네가 너라서 좋아!"

"그럼 나는 백 배!"

"난 천 배!"

"만 배!"

"천억 배! 그거 이상은 없어!"

"헤헤, 알았어~"

꼬마 커플은 어린아이처럼 투닥거리다가 이내 손을 잡고 헤헤거리며 걸어갔다.

그런 꼬마 커플을 김두찬과 정미연은 더 이상 따라가지 않았다.

둘 다 어쩐지 생각이 많아졌다.

가끔 개 짖는 소리만 들려오는 골목 어귀에 멍하니 선 두 사람은 말이 없었다.

찬바람이 그들의 머리카락을 어루만지며 지나갔다.

그때, 정미연이 불현듯 김두찬에게 물었다.

"두찬 씨는 내가 왜 좋아?"

멀어지던 꼬마 커플의 뒷모습을 응시하던 김두찬의 시선이 정미연에게 향했다.

생각 같은 건 필요 없었다.

멋질 필요도 없었다.

김두찬은 아이들이 그랬던 것처럼 순수한 마음을 담아 가식 없이 대답했다.

"그냥 너라서 좋아."

그 말에 정미연이 눈을 크게 떴다.

'…너?'

여태껏 정미연에게 선을 지키며 항상 존댓말을 해왔던 김두찬이었다.

누나라고 하지는 않았으나 미연 씨라는 호칭을 놓친 적도 없었다.

그런데 그런 김두찬이 정미연을 너라고 불렀다.

다른 사람이 그렇게 나왔다면 기분이 나쁠 일이었다.

하지만 정미연은 기분이 나쁘기는커녕 심장이 마구 뛰어난감할 지경이었다.

왜 그렇게 누나들이 관심 있는 연하에게 '너'라는 소리를 듣고 좋아하는지 알 것 같았다.

정미연의 뺨이 붉게 물들었다.

김두찬이 그런 그녀의 손을 꽉 잡고 끌어당겼다.

두 사람의 거리가 서로의 숨소리가 들릴 만큼 가까워졌다.

"넌 내가 왜 좋아?"

이번에는 김두찬이 물었다.

그에 정미연이 씩 웃고서 장난기 가득한 얼굴로 대답했다.

"밤에 죽여주니까."

"밤에만?"

"낮에도?"

정미연의 물음에 김두찬은 대답 대신 그녀의 입술에 자신의 입술을 포갰다.

정미연의 눈이 마법에라도 걸린 듯 스르르 감겼다.

그렇게 두 사람은 조용한 골목에서 열정적인 키스를 나눴다.

둘의 입술은 좀체 떨어질 줄을 몰랐다.

자석이라도 된 것처럼 끈덕지게 붙어 뜨겁게 타오르던 와중.

"누나, 형아. 나 지나가야 하는데요."

조금 전 그 남자아이의 목소리가 들려왔다.

김두찬과 정미연은 화들짝 놀라 누가 먼저랄 것도 없이 서로에게서 떨어졌다.

둘 다 얼굴이 잔뜩 달아올라 어쩔 줄 몰랐다.

김두찬이 얼른 정신을 수습하고서 남자아이에게 사과했다.

"미, 미안. 형이랑 누나가 밖에서 그러면 안 되는데… 그게……."

"괜찮아요. 드라마에서도 많이 봤어요. 근데 형아랑 누나랑 연예인이에요? 엄청 잘생겼다."

"아니야. 그런데 왜 혼자니?"

"여자 친구는 집에 데려다주고 오는 길이거든요."

"아, 그랬구나."

"근데 내가 혼자가 아니었다는 건 어떻게 알았어요? 나 보고 있었어요?"

꼬마가 상당히 날카로운 구석이 있었다.

아까 여자아이한테 사랑을 속삭일 때만 해도 그저 천진난만한 줄만 알았더니 또 다른 모습이었다.

"어? 아… 우리도 골목 지나가다가 봤거든."

"형이랑 누나도 사귀는 사이죠?"

"응. 왜?"

그러자 남자아이가 김두찬에게 가까이 다가오라 손짓했다.

그에 김두찬이 허리를 숙이니, 남자아이는 김두찬의 귀에 대고 속삭였다.

"이건 우리 아빠가 말해준 건데요. 남자는 여자가 자기 왜 좋냐고 하면 무조건 바보처럼 '그냥 너라서 좋아!'라고 해야 한댔어요. 그래야 안 차인대요. 네가 좋아서 네가 하는 모든 게 다 좋다고 해야 하는 게 포인트랬어요. 형아는 엄청 예쁜 누나랑 사귀니까 헤어지면 분명 슬퍼질 거예요. 그러니까 내가 해준 말 잊으면 안돼요."

남자아이의 조언에 김두찬의 표정이 얼떨떨해졌다.

"알았죠?"

김두찬에게서 아무런 반응이 없자 남자아이가 눈을 부리부리하게 뜨고서 물었다.

김두찬은 말없이 고개만 끄덕였다.

"전 그럼 학원 가야 해서 가볼게요."

남자아이는 손을 흔들며 두 사람에게서 멀어졌다.

그 뒷모습을 김두찬이 너털웃음을 흘리며 쳐다봤다.

정미연이 김두찬에게 다가와 물었다.

"왜 그래요? 쟤가 뭐래요?"

"미연 씨가 예쁘니까 헤어지고 나서 후회하기 싫으면 잘해주래요."

"뭐? 호호, 쪼끄만 게 보는 눈은 있네. 근데 그런 말을 할 정도로 맹랑한 줄은 몰랐어."

김두찬은 차마 진실을 말할 수가 없었다.

적어도 정미연만큼은 조금 전 아이의 순수함에서 느낀 감정을 고스란히 간직했으면 하는 마음이었다.

*   *   *

두 사람의 춘천 여행은 계속됐다.

차에서 내려 길을 걸으면서도 목적지 없이 발길 닿는 대로 움직였다.

그러다 그들은 차가 쌩쌩 다니는 소양2교를 건넜다.

다리를 건너고 나니 사우동이라는 동네였다.

주변의 오래된 건물들을 구경하며 느긋하게 거닐다 보니 커다란 문구점이 나왔다.

정미연은 무슨 생각이 들었는지 김두찬을 문구점으로 잡아 끌었다.

안으로 들어가자마자 그녀는 애들이나 쓸 법한 싸구려 선글라스 두 개와 마스크 두 개를 집어 들었다.

"이건 왜?"

"걷다 보니까 몇몇 사람들이 두찬 씨 얼굴 힐끔거리면서 속닥이더라. 우리 쉬려고 온 거잖아. 근데 누가 알아보고 귀찮게 하는 거 싫어서."

정미연의 말을 듣고 잠시 무언가를 생각하던 김두찬이 8절지 스케치북과 4B연필 하나, 지우개 하나를 가져왔다.

"그건 왜?"

이번에는 정미연이 물었다.

"걷다 보니까 여기 경치가 너무 좋아서."

"경치 그리려고?"

"미연이 그리려고."

이제 김두찬은 스스럼없이 미연이라고 호칭을 놓아버렸다.

하지만 정미연은 아무런 거부감이 들지 않았다.

오히려 전보다 가까워진 것 같은 기분이 들었다.

"경치가 좋다더니 왜 날 그려?"

"좋은 경치 속에서 더 예뻐 보일 것 같아서."

"감성적인 얘기네. 싫지는 않다."

정미연이 빙긋 웃고서 두 사람이 집어 온 것들을 계산했다.

정미연과 김두찬은 선글라스에 마스크까지 착용하고서 밖으로 나왔다.

요즘 미세먼지가 유난인 데다가 가을 햇살이 유독 눈부셨기에 그런 둘의 모습을 이상하게 보는 사람은 없었다.

둘은 쉬지 않고 걸었다.

걷다 보니 육림랜드라는 아주 오래된 놀이공원이 나타났다.

"미연아. 저기 어때?"

"재미있을 것 같은데."

"가보자."

두 사람은 표를 끊고 육림랜드 안으로 들어섰다.

그곳에는 모든 놀이기구들이 세월의 흔적을 고스란히 안고 있었다.

놀이기구를 관리하는 사람들도 대부분 노인분들이었다.

노인 복지를 위한 일자리 창출의 혜택을 받은 분들인 듯했다.

타 지역에서 넘어온 연인은 놀이기구를 직접 타기보다는 눈에 담으며 정취를 즐겼다.

육림랜드 안에는 작은 동물원도 있었다.

동물들 한 마리 한 마리의 모습을 감상하며 동물원 탐방을 마치고 나니 가족과 연인들이 사진을 찍으며 놀기 좋은 공간이 나왔다.

흙바닥 위로 펼쳐진 자연 속에 나무 의자가 간헐적으로 놓여 있는 것이 고즈넉하기 그지없었다.

김두찬은 나무 의자에 정미연을 앉게 한 뒤 선글라스와 마스크를 벗겼다.

그러고는 연필을 깎은 뒤 스케치북에 그녀의 모습을 그려 나가기 시작했다.

그 모습을 보고서 정미연이 넌지시 물었다.

"두찬 씨 인물화도 잘 그려?"

"어느 정도는?"

"애니메이션 캐릭터만 잘 그리는 줄 알았는데."

정미연은 김두찬이 내 친구 당끼의 모든 캐릭터들을 그렸다는 걸 알고 있다.

해서 만화에 소질이 있는 건 알았으나 다른 분야의 그림에도 일가견이 있을 거라는 생각은 못 했다.

"금방 완성되니까 조금만 참아."

"응."

김두찬이 그림의 능력을 발휘해 정미연의 모습을 빠르게 그려나갔다.

그의 손끝에서 벤치에 앉은 정미연의 모습이 놀라울 정도로 아름답게 표현되었다.

그런데 그림이 완성되어 갈수록 정미연의 표정이 미묘하게 불편해지고 있었다.

왜 그러는지 이유를 알고 싶었지만 우선은 그림을 완성해야 했다.

김두찬은 완전히 작업에 몰두해서 연필을 놀렸다.

그리고.

"됐다!"

20분 만에 그림을 완성시켰다.

한데 그 순간.

짝짝짝짝!

"와아~"

"진짜 잘 그리신다."

"이거 돈 내면 그려주는 거예요?"

주변에서 박수와 함께 많은 사람들의 목소리가 들려왔다.

김두찬이 놀라서 고개를 좌우로 마구 돌렸다.

그러자 수많은 사람들이 포위하듯 그를 둘러싸고 있는 광경이 눈에 들어왔다.

"어떻게 잠깐 만에 이렇게 그리지?"

"그러니까."

사람들은 김두찬의 그림을 보며 술렁거렸다.

그도 그럴 것이 20분 동안 그린 그림이라고 보기에는 퀄리티가 워낙 뛰어났기 때문이다.

정미연은 멀리서 그 광경을 보며 내심 뿌듯해했다.

아직 김두찬의 그림을 확인하지 못했지만, 벌써 눈으로 본 것 같은 기분이었다.

'참 대단해.'

누가 알아보는 게 싫어서 얼굴을 다 가렸더니 이제는 그 재능 때문에 사람들이 몰려들었다.

'어딜 가도 빛나는구나, 저 사람은.'

정미연이 속으로 그런 생각을 할 때였다.

"혹시… 화가님이세요? 그럼 저도 그림 한 장 부탁드릴 수 있을까요?"

누군가가 김두찬에게 조심스러운 어조로 그림을 부탁했다.

그에 김두찬의 시선이 부탁을 한 사람에게 향했다.

그런데 얼굴을 확인한 순간.

'어?'

선글라스 너머 김두찬의 동공이 크게 확대됐다.

그림을 부탁한 이는 김두찬이 잘 알고 있는 이였다.

마지막으로 얼굴을 보고 이상하게 소원해져서 몇 달 동안 연락 한 번 없었지만, 언제 만나도 어색하지 않을 만한 그런 사람.

대단한 친화력의 소유자.

바로 최연소 태권도 국가대표 금메달리스트, 류정아였다.

'왜 정아가 여기에 있지?'

김두찬이 의아해하는 것도 잠시, 류정아의 짓궂은 미소가 눈에 들어왔다.

'혹시……?'

나란 걸 알고서 말을 걸었나?

김두찬은 류정아의 눈을 가만히 바라봤다.

그러자 류정아가 익살스럽게 윙크를 날렸다.

'알고 있네.'

류정아는 김두찬을 대번에 알아봤다.

그럴 수밖에 없었다.

기본적으로 김두찬은 긴 옷으로 몸을 둘러싸고 선글라스와 마스크로 얼굴을 감춘다고 해도 태가 남다르다.

물론 김두찬과 친분이 없는 사람들은 알아보지 못하겠지만, 지인들은 누구나 알 법했다.

아울러 김두찬이 그리고 있는 사람, 정미연과 류정아는 친분이 있는 사이다.

정미연을 보는 순간 류정아는 그림을 그리는 사람이 김두찬이라고 확신했다.

김두찬과 공식 커플임을 인정한 그녀가 다른 남자와 춘천까지 올 리 없으니까.

다행스럽게도 정미연은 김두찬에 비해 사람들에게 덜 알려져 있었다.

때문에 그녀의 존재로 인해 김두찬의 정체를 파악한 사람은 류정아가 유일했다.

김두찬이 류정아에게 나직이 물었다.

"정아야. 너… 여긴 어쩐 일이야?"

류정아가 그 말에 소곤거리며 답했다.

"나 홀로 여행. 심신 수양을 위해서 자주 다녀. 그건 그렇고."

류정아가 다시 목소리를 키웠다.

"저도 그림 한 장만 부탁드릴게요! 얼마예요? 만 원? 이만 원?"

이건 장난치는 게 확실했다.

김두찬이 그런 거 아니라고 말하려는 찰나.

코앞까지 다가온 정미연이 그림을 확 낚아채더니 감탄했다.

"와! 정말 예쁘게 그렸네요? 감사해요, 여기!"

정미연은 진심으로 감탄했다. 그 반응은 거짓이 아니었다.

거기까지는 좋았다.

그런데 그녀가 지갑에서 2만 원을 꺼내더니 김두찬에게 건네주는 게 아닌가.

"…어?"

김두찬이 멍하게 돈을 넘겨받자 정미연이 류정아의 허리를 툭 쳤다.

이미 그녀는 김두찬이 그림을 그리는 동안 구경꾼들 사이에 선 류정아를 발견하고서 눈인사를 건넨 이후였다.

그러고는 류정아가 장난을 쳐오자 거기에 장단을 맞춰 주었다.

"와~ 2만 원이구나. 저도 그려주세요!"

류정아의 뻔뻔함에 김두찬은 결국 피식 웃고 말았다.

'그냥 그려볼까?'

안 그래도 간만에 그림을 그리니 손이 재미있던 참이었다.

류정아와 이런 식으로 만나게 된 것도, 처음엔 놀랐으나 지금은 반가웠다.

그런 와중 정미연과 류정아가 손발을 맞추면서 장난을 치니 한 번 받아주자 싶었다.

"곧 가봐야 해서 방금처럼 세밀한 인물화는 힘들고, 캐리커처라면 해드릴게요. 오천 원만 주세요."

"정말요? 감사합니다!"

류정아가 5천 원을 내고 벤치에 가서 앉았다.

김두찬이 그런 류정아의 얼굴을 연필로 슥슥 그려 나갔다.

그런 김두찬의 뒤에서 많은 사람들이 그의 손놀림을 구경했다.

"와… 대단하다."

"몇 번 움직이지도 않았는데 벌써 비슷해."

"캐리커처치고는… 그렇게 막 과장되지는 않았는데?"

김두찬은 굵은 선을 이용해 상대방의 특징을 잘 잡아냈다. 하지만 특징을 필요 이상으로 과장되게 부각시키기는 않았다.

특징이 없는 곳은 얇은 선으로 표현하는 정도가 전부였다.

과하지 않지만 그림의 대상이 누구인지는 확실히 알 수 있는 캐리커처였다.

한데 이게 그림을 구경하는 사람들에겐 더 마음에 들었다.

사실 캐리커처의 과한 표현이 부담돼서 싫어하는 사람들도 많이 있었다. 자신의 콤플렉스라고 생각했던 부분을 너무 부각시키기 때문이다.

하지만 이 정도라면 얼마든지 그려달라고 하고 싶을 정도였다.

게다가 김두찬의 손은 빨라도 너무 빨랐다.

고작 5분 만에 캐리커처가 완성되었다.

"여기 있어요."

김두찬이 8절지 한 장을 북 찢어 류정아에게 건넸다.

"와~ 감사합… 니다."

류정아는 짐짓 놀란 척 호들갑을 떨려다가 그림을 보고는 진심으로 감동했다.

'두찬이 얘 진짜 잘 그리잖아?'

아까 정미연을 그려줄 때도 놀랐는데 이번에는 더 놀랐다.

5분 만에 그림을 완성했다기에 그냥 장난으로 그렸겠거니 생각했었다.

그런데 그게 아니었다.

간단한 선 몇 개만으로도 완벽하게 자신의 얼굴을 담아냈다.

그러자 구경꾼들이 너도 나도 김두찬에게 5천 원을 들이밀었다.

"저도 그려주세요!"

"저도요, 오빠!"

"화가님! 저도 부탁드리겠습니다!"

김두찬은 난감해하면서도 한편으로는 즐거웠다.

그는 지금 자신의 소설에 달린 좋은 댓글들을 읽을 때 느꼈던 것과 비슷한 감동을 만끽하고 있었다.

'즐거워.'

글도 창작이고 그림도 창작이다.

무언가를 창작해 내고, 그것을 본 사람들이 좋은 반응을 보였을 때 창작자는 무한한 기쁨을 느낀다.

김두찬은 지금 그림에서 그런 것을 느끼고 있었다.

'그래… 창작의 영역은 넓어. 집필만이 창작은 아니야. 그림도, 음악도, 또 다른 예술의 많은 부분들이 창작이 될 수 있어.'

아울러 김두찬은 지금 그 많은 것들을 할 수 있는 능력이 있다.

김두찬의 가슴 속에서 창작 욕구가 분수처럼 샘솟았다.

그는, 이 여행을 끝내고 돌아가면 당장 자신이 할 수 있는 여러 분야에 손을 대보겠다 마음먹었다.

하지만 우선 지금은, 당장의 기쁨을 누리기로 했다.

김두찬은 돈을 받은 순서대로 사람들의 캐리커처를 진행해 나갔다. 5분에 한 명씩 그림이 완성되니 시간적 소모는 많지 않았다.

캐리커처를 원하는 사람은 처음엔 10명 남짓이었는데, 갈수록 그 수가 늘어났다.

김두찬은 빠르게 손을 놀려 캐리커처를 완성해 나갔다.

그의 그림을 받는 사람들마다 하나같이 만족스러운 미소를 머금었다. 크게 감탄을 하는 사람도 있었고, 김두찬에게 고개 숙여 감사를 표하는 사람도 있었다.

김두찬은 점점 신이 났다.

기분이 좋으니 힘든 줄도 모르고 계속해서 그림을 그려나갔다.

결국 모든 사람들의 캐리커처를 그려주고 나니 1시간 반이라는 시간이 훌쩍 넘어 있었다.

8절지도 전부 사용하고 달랑 한 장만이 남았다.

"휴우."

손이 얼얼한 것도 모르고서 신들린 듯 그림을 그리고 나니 격한 운동을 한 것처럼 정신이 개운했다.

여태껏 몰랐던 새로운 즐거움을 찾았다는 생각에 잔잔한 희열이 계속 김두찬을 자극했다.

김두찬이 이제 정리를 하고 자리를 옮기려 할 때였다.

"저기……."

한 여인이 조심스레 다가와 말을 걸었다.

여태껏 사람들이 캐리커처하는 것을 지켜만 보고 있던 여인이었다.

"혹시 저도 그려주실 수 있을까요?"

"아, 그럼요. 스케치북이 딱 한 장 남았는데 다행이네요."

"와아~ 감사합니다!"

여인이 5천 원짜리 지폐 한 장을 건네고서 벤치에 앉았다.

김두찬은 여인의 얼굴 역시 5분 만에 슥슥 그려서 완성시켰다.

여인의 얼굴은 지금까지 그림을 그려준 사람 중에서 가장 예뻤다.

물론 정미연과 류정아를 제외했을 때 말이다.

김두찬은 완성된 캐리커처를 여인에게 건네주었다.

그림을 본 여인의 눈이 초승달처럼 휘어졌다.

"정말 느낌 있네요."

다른 사람들은 잘 그렸다, 리얼하다, 자기랑 똑같다 등등의 감상을 얘기했었다.

느낌 있다는 감상은 처음이었다.

"고마워요."

김두찬이 미소 지으며 얘기했다.

물론 마스크에 가려 그의 미소를 여인은 보지 못했다.

한참 동안 그림을 감상하던 여인이 김두찬에게 물었다.

"혹시 춘천분이세요?"

"아니요. 경기도 살아요."

"아, 여행 오셨어요?"

"네."

"여기서 사람들 캐리커처 그려주시길래 춘천분이신 줄 알았어요."

"하하, 그렇게 생각할 만하죠."

"저기 사실 제가 봄내일보 기자거든요."

말을 하며 여인이 명함 한 장을 내밀었다.

거기에는 '이하늘'이라는 이름 석 자가 선명히 박혀 있었다.

"기자님이셨어요?"

"네. 다름이 아니라 실례가 되지 않는다면 잠깐 인터뷰 좀 따도 될까요?"

"저를 왜……?"

"봄내일보에 예술인이나 낭만을 즐기는 시민들의 이야기를 담는 코너가 있거든요. 큰 지면을 차지하는 건 아니지만 사랑받는 코너 중 하나예요. 거기에 화가님 얘기를 담고 싶은데 괜찮을까요?"

김두찬이 난감해하며 정미연을 바라봤다.

정미연은 저만치 떨어져서 류정아와 잡담을 나누다가 무슨 일이냐는 듯 어깨를 으쓱였다.

"저, 잠시만요. 일행이랑 상의 좀 하고 와야 해서."

"어? 일행이셨어요? 모르는 사람처럼 행동하시던데."

"그게… 한 명은 여자 친구고 한 명은 친한 친구인데 저한테 장난을 친다는게 일이 그렇게 된 거예요."

"풉!"

이하늘이 한 손으로 입을 가리고 웃었다.

그러고는 얼른 사과를 했다.

"미안해요. 정말 재미있는 분들이시네요. 더더욱 취재하고 싶어지는걸요? 이왕이면 세 분 다 인터뷰하면 어떨까요?"

"음······."

"상의가 필요하겠죠? 기다릴게요."

"네, 그럼."

김두찬은 정미연과 류정아에게 다가가 지금의 상황을 설명했다.

그러자 류정아는 늘 그렇듯 거절 없이 쿨하게 오케이했다.

반면 정미연은 잠시 고민하다가 큰일이야 있겠나 싶어 고개를 끄덕였다.

두 사람의 동의를 얻어낸 김두찬은 이하늘에게 의사를 전달했다.

이하늘은 크게 기뻐하며 세 사람 모두에게 감사를 표한 뒤 늘 지니고 다니던 녹음기를 꺼냈다.

"그럼 시작할게요."

*   *   *

30분간의 짧은 인터뷰가 끝이 났다.

이하늘은 두 손을 합장하듯 모으고서 살짝 고개를 숙여 보였다.

"인터뷰 응해주셔서 감사해요, 세 분."

"어려운 일도 아니었는데요, 뭐."

류정아가 수더분하게 대답했다.

정미연도 그녀의 말에 동의했다.

"맞아. 민감한 질문들도 없었고요. 덕분에 우리도 즐거웠어요."

이하늘은 혹시라도 무례한 질문이 될까 봐 세 사람의 신원이나 직업, 나이 같은 것에 대해서는 묻지 않았다.

그저 이렇게 여행을 떠나게 된 이유에 대해서만 물었다.

김두찬은 정미연과 둘이 여행 왔다가 우연히 류정아를 만나게 됐고, 두 사람이 자신에게 장난을 치는 바람에 상황이 이리 되었다는 얘기를 자세히 해주었다.

아울러 여행의 목적은 힐링이었으며, 자신의 직업은 원래 화가가 아니라는 얘기까지 덧붙였다.

그에 이하늘은 원래 직업이 무엇이냐는 물음이 목구멍까지 올라왔지만 꾹 참았다.

"힐링하러 여행 왔다가 좋은 추억 만들어 가네요."

김두찬의 말에 이하늘의 미소가 짙어졌다.

"이게 세 분께 더 좋은 추억으로 남을 수 있도록 예쁘게 기사 써보도록 할게요. 꼭 마음에 들었으면 좋겠어요, 진심으로."

"분명히 그럴 거예요. 아, 근데 신문은 언제 나와요? 우리 춘천 뜨기 전에 나오면 참 좋겠는데."

류정아가 들뜬 음성으로 물었다.

"내일 바로 나와요."

"그렇게 빨리요?"

"네. 봄내일보는 여기저기 비치해 두니까 어렵지 않게 찾아 보실 수 있을 거예요. 만약에 안보이면 명동에 있는 봄내일보 사무실 오셔서 가져가시면 돼요."

"아, 그렇군요. 무료 배포 하나 봐요."

"무료예요."

"꼭 챙겨갈게요. 감사해요. 그럼 이제… 바이바이?"

류정아가 밝게 웃으며 손을 흔들었다.

그러자 이하늘이 잠시 주저하다 조심스럽게 물었다.

"저 혹시… 세 분 사진 하나만 찍어도 될까요?"

"사진이요?"

"네. 원래 이 기사에 인물 사진도 같이 들어가거든요. 늘 그렇게 해오던 터라, 사진이 없으면 영 허전하기도 하고, 양식에 맞지도 않아서요. 그리고 이왕이면 화가님 얼굴도 나왔으면 하는데… 어려울까요?"

정미연과 류정아가 동시에 김두찬을 바라봤다.

정미연은 애매한 표정이었고, 류정아는 뭐 어떠냐는 얼굴이었다.

고민하던 김두찬이 혹시나 자신을 알아보면 빨리 사라지자는 생각으로 고개를 끄덕였다.

"네, 그러죠."

"하아, 정말 감사합니다."

이하늘이 스마트폰의 카메라 앱을 실행시켰다.

그러자 김두찬이 마스크와 선글라스를 벗었다.

순간.

'……'

이하늘의 사고가 정지했다.

『호감 받고 성공 더!』 9권에 계속…

이제부터 전자책은

이젠북

www.ezenbook.co.kr

✦ 새로운 세계가 열린다! ✦

김재한 『성운을 먹는 자』　　철백 『대무사』
니콜로 『마왕의 게임』　　가프 『궁극의 쉐프』
이경영 『그라니트:용들의 땅』　　문용신 『절대호위』
탁목조 『일곱 번째 달의 무르무르』　　천지무천 『변혁 1990』
강성곤 『메이저리거』　　SOKIN 『코더 이용호』

이름만 들어도 황홀할 정도의 별들의 향연!
이들의 "유료연재"가 시작됩니다!

검색창에 **이젠북**을 쳐보세요! ▼ Q

초대형 24시 만화방

신간 100%, 샤워실, 흡연실, 수면실(침대석), 커플석, 세탁기 완비

■ 광명 광명사거리역점 ■

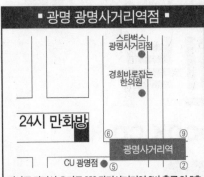

경기도 광명시 오리로 986 광명사거리역 6번 출구 앞 5층
02) 2625-9940 (솔목타워 5층)

■ 강북 노원역점 ■

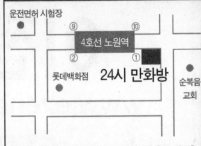

서울 노원구 상계동 340-6 노원역 1번 출구 앞 3층
02) 951-8324 (화용빌딩 3층)

■ 일산 정발산역점 ■

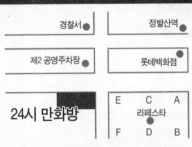

라페스타 E동 건너편 먹자골목 내 객잔건물 5층
031) 914-1957

■ 일산 화정역점 ■

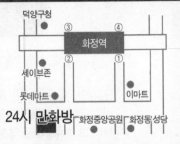

경기도 고양시 덕양구 화정동 984번지 서일빌딩 7층
031) 979-4874 (서일사우나 건물 7층)

■ 부천 역곡역점 ■

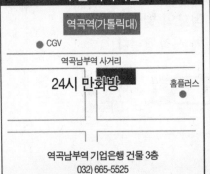

역곡남부역 기업은행 건물 3층
032) 665-5525

■ 부평역점 ■

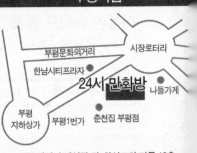

(구) 진선미 예식장 뒤 한신포차 건물 10층
032) 522-2871

FUSION FANTASTIC STORY

SOKIN 장편소설

재벌 작가

달동네에서도 가장 끄트머리 반지하 월세방.
그곳에서 엄마와 단둘이 살고 있는 꼬마가 가진 것은
누구보다 위대한 재능이었다.

"저라면 가능합니다."
**"어떤 작가보다 많은 문학적 업적을 남기고,
더 큰 성공을 거둘 테니까요."**

전 세계에서 가장 많이 팔린 책 리스트.
이곳에 이름을 올릴 책의 작가가 될 남자, 이우민.

그의 이야기가 지금 시작된다!

Book Publishing CHUNGEORAM

유행이 아닌 자유추구
WWW.chungeoram.com

크레도 장편소설
FUSION FANTASTIC STORY

톱스타 이건우

열정만으로 성공하는 것은 아니다!

어중간한 실력으로 허송세월하던 이건우.

그의 앞에 닥친 갑작스러운 사고와 함께 떠오르는 기억.

'나는 죽었는데 살아 있어. 그건 전생? 도대체……'

전생부터 현생까지 이어지는 인연들.
그리고 옥선체화신공(玉仙體化神功)……

망나니처럼 살아온 이건우는 잊어라!
외모! 연기! 노래!
삼박자를 모두 갖춘 최고의 스타가 탄생한다!

Book Publishing CHUNGEORAM

유행이 아닌 자유추구 -
WWW.chungeoram.com

FUSION FANTASTIC STORY

박선우 장편소설

스크린의 별

비호감을 불러일으킬 정도로 못생긴 외모를 가진 강우진.

우연히 유전자 성형 임상 실험자 모집 전단지를
발견한 그는 마지막 희망을 걸고
DNA를 조작하는 주사를 맞게 되는데……

과거의 못생겼던 강우진은 잊어라!

세상에서 가장 아름다운 사나이.
그가 만들어가는 영화 같은 세상이 펼쳐진다!

Book Publishing CHUNGEORAM

유행이 아닌 자유추구 -
WWW.chungeoram.com

FUSION FANTASTIC STORY 류승현 장편소설

리턴 마스터

2041년, 인류는 귀환자에 의해 멸망했다.

최후의 인류 저항군인 문주한.
그는 인류를 구하고 모든 것을 다시 되돌리기 위하여
회귀의 반지를 이용해 20년 전으로 돌아갔다. 하지만……

"어째서 다른 인간의 몸으로 돌아온 거지?"

그가 회귀한 곳은 20년 전의 자신도, 지구도 아니었다!

**다른 이의 몸으로 판타지 차원에
떨어져 버린 문주한.
그는 과연 인류를 구원할 수 있을 것인가!**

Book Publishing CHUNGEORAM

유행이 아님 자유추구
WWW.chungeoram.com